嘘つきジュリエット

真崎ひかる

幻冬舎ルチル文庫

CONTENTS ✦目次✦

嘘つきジュリエット

✦カバーデザイン＝久保宏夏（omochi design）
✦ブックデザイン＝まるか工房

イラスト・平眞ミツナガ✦

嘘つきジュリエット

その人は、これまで遥大《はると》が接したことのあるどんな大人《おとな》とも違っていた。

目が合った途端、それほど驚くなにがあるのか……目を瞠《みは》って、言葉もなく遥大の顔を凝視《ぎょうし》する。

まさか、バレた？　こんな……ひらひらとしたドレスを身に着けている自分が、実は十八歳の男子高校生だと。

遥大を着飾らせたスタイリストとかいう人は、「絶対に男の子だなんてわからないし、完璧な美少女。我ながら傑作だわ」と自画自賛しつつ無責任な太鼓判を押していたけれど、どこか不自然だったのでは。

「あ、あの……」

あまりにも見られることで居心地が悪くなり、戸惑いをたっぷり含んだ声でつぶやくと、彼はハッとした顔でぎこちなく瞬きをした。

平静を取り戻すのに要したらしい時間は、ほんのわずかで。

理知的な光を浮かべている真《ま》っ直《す》ぐな眼差《まなざ》しで、十五センチほど低い位置にある遥大の目を見詰めて、静かな声で話しかけてくる。

「ハルカさん、ですか？　僕は高儀昌史《たかぎまさふみ》と申します」

「…………」

なにも答えられない遥大に気分を害した様子はなく、ただ……端整な顔に、少しだけ困ったような微笑を滲《にじ》ませる。

「どうだ？　堅物のおまえでも見惚《みと》れるくらい、極上の美少女だろ？」

そんなからかいにふっと微笑を消して、遥大から隣に立つ友人に視線を移した。

どことなく険しい表情でなにを言うかと思えば……。

「斎川《さいかわ》。おまえ今度は、こんなに若い女性を……まさか、未成年か？　不誠実なことをしているんじゃないだろうな」

そう、咎《とが》める口調で口にして、ふと遥大に視線を戻す。

目が合いそうになったところで、遥大は慌てて顔をうつむけた。

良識のある大人としての、ポーズではない。真剣に友人を非難しているのだと、硬い声から伝わってくる。

「心配無用。俺の子猫ちゃんが一人じゃないことはハルカも知ってるし、そのあたりは最初から納得済みだ。な？」

馴《な》れ馴《な》れしく肩を抱きながら同意を求められて、眉《まゆ》を顰《ひそ》めそうになるのをギリギリのところで耐える。

心の中では、『このサイテー男！』と罵《ののし》っていても、今の遥大が本音を口に出せるわけがない。

無言で小さくうなずくのがやっとで、こんなことを聞かされた高儀はどんな顔をしているのか……そっと端整な顔を窺《うかが》った。

「ッ……」

一瞬だけ目が合い、遥大は逃げるように逸《そ》らす。

痛ましいような、どこかが苦しいような……もどかしいような。いろんなものが複雑に交錯した表情で、遥大を見ていた。

大人なのに、巧みに表情を取り繕《つくろ》うことができないらしい。不器用そうな……きっと、嘘《うそ》のつけない人だ。

「ハルカさん、本当に？」

そうして遠慮がちに尋ねてくる声にも、たっぷりと心配が滲んでいた。

誠実さを絵に描いたようなこんな人、初めてで……実はそれこそが『巧みな嘘』なのではないかと、胸の奥から疑いが湧《わ》き上がる。

だって、ただひたすら誠実で初対面の他人を心から心配できる……そんな大人、いるわけがない。

遥大を思いやる理由もないし、友人を非難しても、この人には得などないはずだ。

そう……決まっている。

この高儀と名乗った男が嘘つきなら、どちらがうまく嘘をつけるか勝負だ。

チラリと湧きかけた罪悪感に蓋《ふた》をすると、ぎこちないかもしれないけれどなんとか微笑を浮かべることに成功した。

「……ええ。斎川さんの、仰《おっしゃ》る通りです」

この人を騙《だま》すために、十八歳の男子高校生である『伊集院《いじゅういん》遥大』は封印して、『可憐《かれん》な美少女のハルカ』を演じよう。

《一》

七月も半ばに差しかかろうとしている。夏本番の太陽は、まるで殺人光線だ。

「はぁ……暑いなぁ」

午後の日差しは幾分マシになっているとはいえ、足元のアスファルトがたっぷりと熱を含んでいるせいで熱気が立ち上ってくる。

吐息をついて歩を緩めた遥大は、夏服の半袖《はんそで》シャツから伸びる腕を上げて、顔を伝い落ちる汗を拭った。

自宅があるのは、小高い丘の一番上。この坂道を、登りきらなければならない。

このあたり一帯は世間では『高級住宅街』と言われていて、確かに広大な敷地面積の住宅が立ち並んでいる。

車での走行を前提としているということもあり、道幅は広いけれど徒歩で坂を上る遥大にとっては無用の長物だ。車で行き来していた時は、自宅へ続く坂がこれほどキツイと知らなかった。

「自転車、買うかなぁ。でも、下りは楽でも登りのキツさは変わんないか」

ゼイゼイと息を切らせて坂を登りきり、ようやく白亜の邸宅が見えてきた。

建物は十四世紀頃に建てられたイギリス貴族のマナーハウスを解体して海運し、現地の職人によって建て直されたもので、庭は熟練の手が整えた伝統的なイングリッシュガーデンだ。薔薇《ばら》を中心とした四季折々の花が咲き、ガーデニング専門誌の取材を受けたこともある。

遥大が生まれてすぐ鬼籍に入ったという祖父母の趣味がふんだんに反映され、高級住宅街と呼ばれているこの一帯でも一際目を惹《ひ》く邸宅だろう。

現在、広大な敷地面積を誇るこの邸宅に住んでいるのは、たった三人だ。車を運転できる人間はおらず、運転手は解雇してしまったので出かける際にはハイヤーを手配することとなっている。

アポイントのある正式な訪問者であれば、敷地内の駐車場を利用する。

だから、宅配業者は別として門扉の前に路上駐車する車などあるわけがないのに……。

「……誰だ？」

不審としか言いようのない車の脇で足を止めた遥大は、眉を顰めてシルバーメタリックのセダンを覗《のぞ》いた。

助手席のシートには書類らしきものが剝《む》き出しのまま広げられていて、サイドブレーキに雑巾のような薄汚れた布がかけられている。清潔とは言い難《がた》い雑然とした車内に、ますます怪訝《けげん》な表情になった。

「こんな車がうちに……？」

伊集院の家を訪ねてくる人間に、この手の車の所有者などいないはずだ。

運転手つきの高級車で乗りつけるか、古くても手入れの行き届いた高級車の持ち主ばかりで……。

ナンバーを記録してやろうかとスマートフォンの撮影機能を起動させたところで、門扉が開く音が耳に入った。

顔を上げると、お世辞にも仕立てがいいとは言えないスーツを着た若い男が、自宅の敷地から出てきたところだった。

人相を隠すような大きさの黒縁眼鏡《めがね》に、ライトグレーのスーツ……黒いビジネスバッグを小脇に抱えている。よくいるサラリーマンの風体《ふうてい》だけれど、遥大には胡散臭《うさんくさ》いとしか思えない。

「俺の車に、なにか……？」

その男は、車の脇に立っている遥大を目にして表情を険しくする。

この、不審車の主《あるじ》か。

「……うちになんのご用ですか？」

車を覗き込んでいたことを咎める雰囲気に、不審者はそちらだと言外に滲ませて質問に質問で返した。

すると、その男は途端に腰《こし》を低くして口を開いた。

「ああ……こちらのお坊《ぼっ》ちゃんでしたか。いえ、少しお話ししたいことがありまして。もう終わりましたので、失礼します」

ぺこぺこと頭を下げながら早口でそれだけ言うと、遥大からの質問に答える気はないとばかりにそそくさと車に乗り込んだ。

「なんなんだ。逃げるみたいに……」

写真は撮りそびれてしまったが、走り去っていく車のナンバーを目に焼きつける。

その車が完全に見えなくなったところで、なんとなく胸騒ぎがしてきて、急ぎ足で先ほど男が出てきた門をくぐった。

……やはり、おかしい。訪問者の予定があるなら、事前に自分にも話してくれているはずだが、聞いた覚えがない。

飛び込みの営業や訪問販売なら、インターホン越しにお引き取りを願うので、敷地内に入れることなどありえない。

庭を延びる小道を走って屋敷に辿《たど》り着き、玄関扉に手をかける。急《せ》いた気分で取っ手を引くと、あっさり開いてギョッとした。

「つい、開けちゃったけど……なんで?」

不用心なことに、施錠がされていない。まさか、さっきの男を玄関の内側にまで入れていたのか？

「ただいま。真砂子《まさこ》さんっ！　今、男の人が来ていませんでしたか？」

大きな声で家政婦の名前を呼びながら玄関先で靴を脱いでいると、居間の扉が開くのがわかった。

「あら、お帰りなさい遥大さん。真砂子さんは、お使いに出ているのよ」

笑いながら居間から顔を出し……遥大を出迎えたのは、家のことをすべて任せてある家政婦の真砂子ではなく母親だった。

涼やかな夏素材のロングワンピースの裾《すそ》をひらめかせながら、こちらに歩いてくる。

「お使いに？　でも、先ほどそこで男の人とすれ違ったんですが……まさか、お母さんが対応を？」

家政婦が不在の家に、見知らぬ人間を入れたのかっ？

焦って尋ねる遥大に、母親は「あら」と不満そうな表情を浮かべた。

「まさかって、なぁに。お母様も、立派な大人です。留守番さえできないなんて、思わないでちょうだい」

「……立派かどうかはともかく、確かに大人です。でも、留守番がきちんと務まるかどうかは疑わしいですね。以前、怪しげな絵画を法外な値段で売りつけられそうになったことは、お忘れですか？　あと、二束三文の宝飾品を、数百万円で購入させられたこともありましたよね」

どちらも、父親が存命の時だったので後日でもなんとかなった。でも今は、あの頃とは状況が違う。

半年前に父親が急死したことで、自分たちを取り巻く環境は大きく変化しているのだ。

わが母ながら、お嬢様育ちで世間知らずなこの人が、うまくセールスの類《たぐい》をあしらえることは思えない。

焦る遥大をよそに、当の母親はのほほんとした笑みを浮かべている。

「平気よぉ」

「では……先ほどのお客様は、なんのご用だったんです？」

詰問する遥大は、険しい表情になっているだろう。母親は、「怖い顔」と不満を零《こぼ》して、ポッポッと口を開いた。

「ええと、お庭をもっと素敵にしませんか、って。あと、お屋敷の壁が少し汚れているから、お掃除しますよ……って言ってくださったの」

……とんでもなく怪しい。

高校生の遥大がそう思うのに、どうしてこの人は警戒せずに招き入れたりするのだろう。

「もちろん、丁寧にお断りをして、お引き取りいただいたんですよね？」

「お庭は庭師がいるから……ってお断りしたけど、壁のお掃除だけお願いしたの。私でも、それくらいは大丈夫なのよ」

「……ちょっと、待ってください。確認しておきたいんですが、変な書類とかに、サインか判を押したなんてこと……」

「お掃除の約束っていう書類に、判を押したわ」

「な……っ」

手伝いをした子供が「褒めて」と主張するかのように胸を張った母親に、遥大は言葉を失った。

「……遥大さん？　どうして、そんな顔をなさっているの？」

顔面から血の気が引いているのを感じる。立ち尽くして絶句する遥大を、母親は不思議そうに見上げてきた。

頭の中が真っ白になっている。その、『書類』を確かめなければならないのに、言葉が出ない。

「ねぇ、遥人さん？」

首を傾《かし》げた母親が目をしばたたかせていると、背後で玄関扉の開く音がした。ビクッと肩を震わせて振り向いた遥大の目に、頼もしい家政婦の姿が映る。

「ただ今戻りました。……玄関の鍵が開いてますけど……ああ、遥大さんがお帰りになられたのですね」

母親が嫁いでくる際、実家から共にこの家へやってきたという真砂子は、今の遥大にとって唯一の味方であり……誰より信用できる、頼れる存在だ。

真っ白だった頭にようやく思考力が戻り、母親と真砂子のあいだに視線を往復させる。

「ま、真砂子さん」

「はい？　遥大さん、顔色が優れないようですが……どうなさいました？」

「どうして母さんを一人に……じゃなくて、なんか変なコトになったかもしれないです。一緒に確かめてください」

今は、母親を一人残して外出した理由を質《ただ》したり責めたりしている場合ではない。母親が判を押したという、『書類』の正体を確かめるのが先だ。

遥大の様子から緊迫した空気を感じ取ったのか、穏やかだった真砂子の表情がギュッと引き締まる。

「なんのことです？　百合子《ゆりこ》さん、なにが？」

「どうしたの？　二人とも怖い顔」

緊張を漂わせて母親の名前を呼んだ真砂子に、当の母親一人が緊張感のない笑みを浮かべていた。

□□□

頼れる父親がいない今、世間知らずな母親を守るのは一人息子《ひとりむすこ》である遥大の役目だ。

なんとかしなければならない。

でも、なにをどうすればいいのだろう。

今の遥大は未成年で、自分一人の力でできることなどたかが知れている。

だからといって、親戚《しんせき》や親族会社の顧問弁護士も信用できない。父亡き後、彼らは結託して言葉巧みに遥大や母親を言い包《くる》め、窮地に追い込んだのだ。

父親個人の財産は決して少ない額ではなく、相続税を差し引かれても、自分たちが贅沢《ぜいたく》することなく平凡に生活するには、困らない……はずだった。

親戚たちは、味方のような顔で、『生活に困らないよう取り計らう』とか、『配当だけで十分にこれまで通りの生活ができる』と言いながら、実際はグループの『負』の部分をすべて遥大たち親子に押しつけたのだ。

世間知らずの母親と、未成年の遥大をいいように利用することなど容易だったに違いない。

気がつけば、父親が家族に遺《のこ》してくれたはずの財産さえ、損失の穴埋めに運用しなければならない状態だった。

利益を生む事業は、親戚たちが取り込み……目に見えて危うい状態だった紡績関係の事業を、遥大と母親名義に。

そのことを知った遥大が抗議しても、誰も相手にもしてくれない。

狡猾《こうかつ》な親戚どもは、いつの間にか会計士や弁護士といった関係者をすべて抱き込み、完璧なまでに武装していたのだ。

現在、遥大と母親に残されているのは、この邸宅と家政婦の真砂子のみだと言ってもいい。

苦難は次々と降ってくるものらしく、あの日母親が安易に判を押した『書類』によって、今度は住居を失おうとしている。

書類を頼りに連絡を取り付けた相手……不動産売買の仲介人を名乗った人物も、親戚の誰かの差し金かもしれないと疑っている。

この危機を乗り越えるには、どうすればいいのか。

遥大がどんなに考えても有効な解決策が一つも見つからないまま、無情にも時間だけが流れた。

「遥人さん、仰られた通りにお茶とお茶菓子の準備はしておきましたが……本当に、お一人で大丈夫ですか？」

外出の準備を整えた真砂子が、応接室の外から顔を覗かせる。

窓際に立っていた遥大は、ビクッと身体《からだ》を震わせて真砂子に顔を向けると、無理やり笑みを浮かべた。

「大丈夫。いざとなったら、格好悪いけど警察に通報するし……真砂子さんは、母さんをお願い」

笑って答えた遥大が、全身に緊張を漂わせていることがわかるのだろう。真砂子の顔には、大きく「心配」の二文字が浮かんでいる。

「遥大さん、でも」

真砂子がなにか言いかけたところで、廊下の向こうから母親の声が聞こえてくる。

「真砂子さん、まぁだ？　お車がいらしたみたいだけど」

「あ、ほら。母さん、久々のお出かけだ……って楽しみにしていたし、お気に入りのティールームにも連れていってあげてよ」

父が亡くなり、憔悴《しょうすい》して自宅に籠りがちだった母が、久し振りに外出に乗り気になっているのだ。

気に入っている流派の華道展を鑑賞して、行きつけのティールームでお茶を飲めば、いい気分転換になるに違いない。

「……わかりました。どうか、ご無理はなさらないでくださいね。お花の展覧会を覗いてお茶をして、十六時には戻りますから」

「うん。行ってらっしゃい」

母親と真砂子を見送るために応接室を出ると、玄関前の車寄せで待機しているハイヤーに二人が乗り込むのを確認する。

ハイヤーが庭の小道を抜けて門扉を出たところで、ようやく頬《ほお》に貼りつけていた笑みを消した。

「ふぅ」

大きく息をついて家の中に取って返すと、三十分後にやってくるはずの訪問者への対策を練り直す。

まずは、書類が正式なものか否かの確認と……この家を含む土地の売買に同意しない旨を主張して、あとは……なにができる？

「できる限りのことは、しなくちゃ」

不安ばかり込み上げるけれど、なにもしないで手をこまねいていたら母と真砂子と三人で路頭に迷う事態に陥るのだ。

両手で拳《こぶし》を握って気合いを入れ直したところで、インターホンが鳴った。

予定の時間より随分と早いが、『敵』のお出ましだろうか。

「かかってきやがれ」

ポツリとつぶやくと、インターホンの受話器を取り上げる。

モニターには、ホワイトのＢＭＷとインターホンの前に立つスーツ姿の男の姿が映っていた。

「門扉のロックを解除しますので、車のまま玄関ポーチまでいらしてください」

それだけ口にすると、相手の返答を確認することなくインターホンを切って門扉の『開』ボタンを操作する。

モニターの画像では角度のせいかよく見えなかったが、セオリー通りだとチンピラまがいのガラと品がよくない男だろうか。

所有者を騙して判を押させ、住居を乗っ取ろうとする人間のお仲間など、どうせロクなモノではない。

門から続く庭の小道を、車のエンジン音と砂利を踏む音が近づいてくる。深く息をついた遥大は、『不動産仲介業者』を出迎えるために、玄関へと足を向けた。


「お待ちしていました」

玄関扉を開けた遥大は、目の前に立っているスーツ姿の男に向かって頭を下げる。

視界に映るダークブラウンの革靴は、無駄な装飾がある下品なブランドのものでも薄汚れていることもない。予想していたより上質だと察せられる、手入れの行き届いた艶《つや》やかなものだった。

どうせ、品のよくないチンピラだと決めてかかっていたけれど、少しだけ拍子抜けする。

「斎川です。名刺を」

男は、スーツの懐《ふところ》から名刺ケースを出して遥大の顔の前に差し出してくる。反射的に白い紙片を受け取った遥大は、そこに記されている文字を目で追った。

「斎川……博和《ひろかず》さん。おれ……僕は、伊集院遥大です」

「……高校生か？　話にならんな。親はどうした」

怪訝そうな空気を漂わせていながら、落ち着いた低い声が頭上から降ってくる。遥大は、スッと息を吸い込んで顔を上げた。

目の前に立っていたのは、意外なほど、普通……の男だった。

歳《とし》は、三十歳前後。安っぽさのない、カチッとしたスーツを身に着けている。

こうして目にしている限り、敏腕な青年実業家と言われても疑うことなく納得できそうな雰囲気だ。

高級物件を専門に扱う不動産売買の仲介業者という、遥大にしてみれば胡散臭いとしか思えない職業を知らなければ……だけれど。

「父は、半年前に亡くなりました。この家のことは、今は長男である僕が責任を持っていますので」

毅然《きぜん》とした口調を意識してそう言いながら、挑むつもりで斎川と目を合わせた。

その瞬間。

「……っ」

なんだ？　遥大と視線が絡んだ途端、驚いたように目を瞠った……？

斎川は、声もなく遥大を見下ろしている。

奇妙な沈黙を不可思議に感じた遥大が、「あのぉ？」と遠慮がちに声をかけると、ハッとしたように目をしばたたかせた。

それから更に十秒余り。ジッと遥大を見ていたかと思えば、唇の端になんとも形容し難い微笑を滲ませる。

「おまえ、姉ちゃんか妹はいないか？　それも、おまえによく似た」

「……一人息子ですが？」

唐突に、なんの質問だ。

対決姿勢だった遥大は、肩透かしを食った気分でボソッと無愛想に答える。

表情も答え方も、決して態度がいいものではないはずだ。

目の前の男が機嫌を損ねても仕方のない、可愛《かわい》げのないものだろうと自分でも思うのに、

斎川は不気味な笑みを深くする。

「この家も魅力的だが、それ以上にいい出会いかもしれんな。……おまえ、遥大だったか。ここに住み続けたいよな？」

「……当然です」

愚問に即答して小さく顎《あご》を引いた遥大は、警戒心と不信感をたっぷり含んだ目で斎川を見上げる。

今の遥大は、ハリネズミのように全身をトゲトゲさせているに違いない。

目の前の斎川にわからないはずがないのに、こちらを見ている彼はやはり楽しそうな顔をしている。

「一つ、提案がある。おまえの返答次第では、この家の売買契約を俺のところで保留してやってもいい。聞くか？」

提案だと？

ニヤニヤとタチの悪い笑みを浮かべている斎川からの提案など、きっとロクなものではない。

それくらい、高校生の遥大でも想像がつく。

でも……。

「受け入れるか否かは内容によりますが、話を聞くだけでもいいなら」

この家を失わずに済むのであれば、それが自分にできることなら……少々無理をふっかけられても、検討するべきだ。

そう決意して、真っ直ぐに斎川と視線を絡ませる。

「くくっ、凜々《りり》しいな。即行で食いつかないとは、なかなか賢い坊ちゃんでなにより。じゃあ、とりあえず聞いてみろ。おまえにとって、悪い話ではないはずだ」

斎川は、やはり意味不明なほど楽しそうで……いったい、どんな無理難題を聞かされるのだろうか。

身構えた遥大は、睨《にら》みつけるような目で斎川を見上げたまま耳に神経を集中させた。

《二》

「おまえ、全然ビビッてないな。いい度胸だ」

「……こういうの、知らないわけじゃないから」

ポツリと答えた遥大に、斎川は、

「ああ……そういや、いいトコロのお坊ちゃんか」

と、バカにするでもなく納得した様子でうなずいた。

実際に、パーティーに馴染みがないわけではない。年に何度か父親に連れられて、経済界やら政界やらの関係者が集まる場に連れ出されていた。

だから、場の空気に戸惑うことはないけれど、ヒラヒラとしたロングドレスの足元はスカスカ空気が通って気持ち悪い……というより、心許《こころもと》ない。

約束の日の夕暮れ、ハイヤーで迎えに来た斎川に、知人だというスタイリストが経営しているショップに連れていかれた。

コイツをドレスアップしてくれの一言で遥大を突《つ》き出した斎川の指示で、とんでもない格好をさせられた挙げ句、『この格好のままパーティーに同伴しろ』と言われた時はギョッとして目を剥いたが、当初疑っていたイカガワシイ雰囲気は微塵《みじん》もなくて一安心だ。

イカガワシイどころか、遥大も見知っている顔がチラホラ見て取れる。国会議員に、あちらは大御所俳優で……大手製菓会社の取締役に、自動車企業のCEO《最高経営責任者》か。確信はないが、通信会社のトップらしき男性も見えた。

道理で、警備担当者らしき大男が目を光らせる入り口のチェックが、入念だったはずだ。遥大は『この格好』だし、斎川の連れということもあってか、ほぼノーチェックで通されたのだが。

主催者の挨拶を聞けない途中からの参加だった上に、パーティーの趣旨は知らされていないからよくわからない。

一つ不安がなくなれば、今度は、学校関係者や遥大のことを知っている人間がいませんように……という、別の懸念が湧く。

まぁ、万が一知り合いがいたとしても、この状態の遥大を見て『伊集院遥大』と気づく人はいないはずだけれど……見知った顔とバッタリ鉢合わせするのは、やっぱり嫌だ。

「ぁ……っ、とと」

顔を隠そうとうつむき加減になって歩いていた遥大だが、絨毯《じゅうたん》に躓《つまず》きそうになってよろめく。

すると、隣の斎川が小声で咎めてきた。

「おいおい、ふらふらするなよ。せっかくのドレスアップが台無しだ」

「っでも、靴や格好が慣れないんだから仕方ない」

「ヒールってレベルじゃないだろ。三センチくらいで」

踝《くるぶし》のあたりに纏《まと》わりつく薄い布に、足が縺《もつ》れて転ばないよう細心の注意を払って歩かなければならないのだ。

「あんただって、この靴を履《は》いたらどれだけキツイかわかる」

斎川にだけ聞こえるよう、小声で恨み言をぶつける。

ウエストにくびれがないとか言いながら下着で締めつけられた腹回りは苦しいし、布をたっぷりと使ったヒラヒラしたドレスは見た目よりも重い。

それに加えて、たった三センチだと言われても細いヒールの靴は歩きづらくて怖いし……

遥大と似たような装いで、にこやかに笑っている女性たちを尊敬する。

「仕方ないな。腕に摑《つか》まれ」

「……いらない」

差し出された腕を一言で一蹴《いっしゅう》して、顔を背《そむ》けた。

そんなふうに反発されてなにがおかしいのか、斎川が低く笑う気配が伝わってくる。

「しっかし、スタイリストも言ってたが、ジュリエット風のドレスが予想以上に似合う。極上の美少女だ。この手のクラシックなドレスを着こなせる正統派の美少女は、現代日本じゃ絶滅危惧種じゃないか？　男だけじゃなく、女までおまえのことを見ていくぞ。連れている俺まで、いーい気分」

「……褒め言葉じゃない」

ボソッと、不機嫌な声で反論する。

上機嫌の斎川は褒めているつもりかもしれないが、遥人にしてみれば、この格好を似合うと言われたところでイヤガラセとしか思えない。

女装して楽しむ趣味があるならともかく、遥大は斎川曰《いわ》く『極上の美少女』に仕立て上げられた自分を見て、「アタシってキレイ」などとうっとりするようなナルシストではない。

確かに、鏡の中からキョトンとした顔でこちらを見ていた自分は、もし街で見かけたら目で追ってしまうだろう見事なまでの美少女だったけれど……。

「不細工って罵られるよりはいいだろ」

「どっちもどっちだ」

周りに大勢の人がいるせいであからさまに不機嫌な顔をすることができないので、うつむき加減になって表情を隠した。

「なに、顔を隠してるんだ。うつむくなよ、もったいない」

「……男だってバレたら、あんただって恥をかくんだぞ」

ボソボソ答えた遥大に、斎川は「くくくっ」と不気味な笑みを零す。笑いながらなにを言

うかと思えば、

「絶対、バレないから安心しろ。見てくれはもちろん、声も細いしなぁ。ちょっとハスキーな女の子、って感じだ」

そんな、やはり遥大の神経を逆撫《さかな》でする台詞《せりふ》だ。

大勢の人がいて、巨大な猫を被《かぶ》らなければならないこんな格好で……大っぴらに反論できないのが腹立たしい。

悔しさをなんとか押し殺そうと密かに歯軋《はぎし》りしていると、有無を言わさない強引さで背中に手を押し当てられ、身体の向きを変えさせられる。

「お、いたいた。発見。あいつだ。不貞腐《ふてくさ》れてないで、頑張って美少女を演じろよ。……おーい、高儀！」

「ッ」

斎川が名前を呼びながら軽く手を上げて合図を送った相手が、ゆっくりとこちらに向かってくるのがわかった。

思わず下を向いて、顔を隠してしまう。

「久し振りだな、斎川」

自分たちのすぐ傍《そば》で足を止めた男が、低く、落ち着いた声で話しかけてくる。

「ああ。このところ、バタついていてな。高儀、紹介する。最近のお気に入り、ハルカちゃんだ」

「……はじめまして」

肩に手を置かれた遥大は、意識してか細い声で挨拶をすると、軽く頭を下げた。ドレスに合わせて結われた黒いストレートロングのウイッグが、実際の重量よりずしりと重い。

「ハルカ、この男は俺の学生時代からの腐れ縁なんだ」

「はじめまして」

目の前に立って話しかけてくる相手に、うつむいたまま……視線も合わせないのは、失礼だろうか。

コクンと喉《のど》を鳴らした遥大は、心の中で「男だとバレませんように」と祈りながら顔を上げた。

これまでは足元しか見えなかった目の前の男……高儀と、初めてまともに顔を合わせる。

「……ッ」

遥大と視線が絡んだ瞬間、その人が息を呑《の》む気配が伝わってきた。

学生時代からの斎川の友人というのだから、きっと同じ年だろう。少し軽薄な雰囲気の漂う斎川と違い、大人の落ち着いた空気を纏っている。

オーダーメイドなのか、身体に沿った仕立てのかっちりとした紺色スーツに、品のいい艶を帯びた黒の革靴、清潔感のある長さの髪をきちんと整えていて、どこからどう見ても『高級な男』だ。

その男が、何故《なぜ》か驚きを露《あらわ》にして、自分を凝視している。

「あ、あの……？」

冷たい汗が背筋を伝い、遥大はおずおずと小さな声を零した。

まさか、女装した男だとバレたか？　斎川は無責任に「絶対にバレない」などと言っていたが、どこか不自然だったのでは。

やはり、無理があったのかもしれない。プロのスタイリストだという人が手をかけても、土台が十八歳の男なのだ。

斎川が、なにを考えて『女装して友人を騙せ』と言い出したのか……目的がわからないけれど、こんなもので家の権利書を取り返そうなどと浅はかなことを考えた自分が、なによりバカだ。

一瞬で遥大の頭には様々なものが巡り、思わず「ごめんなさい」と謝罪が口をついて出そうになる。

唇《くちびる》を引き結んで視線を泳がせていると、斎川の声が奇妙な沈黙を打ち破った。

「おい、高儀。あんまりジロジロ見るな。ハルカが困ってるぞ」

「あ……あ、申し訳ありません。失礼なことを。その、あまりにも綺麗《きれい》な方なので、思わず不躾《ぶしつけ》に見てしまいました」

訥々《とつとつ》とした口調でそんなふうに語られて、一番に遥大の胸に湧いたのは安堵《あんど》だった。

……よかった。男だとバレた雰囲気ではない。

そうしてホッとすると、今度は複雑な思いが胸に満ちる。

もともと、骨格が貧相で……稀代《きたい》の美人だったという祖母によく似ているという顔も、男として侮られる要素でしかないので遥大自身は好きではないのだ。

男だとバレたら困るが、こんなアンティークで豪華なドレスを身に着けても違和感がまったくない……爪《つめ》の先ほども疑われないというのは、十八歳の男としては少しばかりプライドが傷つく。

「どうだ？　堅物のおまえでも見惚れるくらい、極上の美少女だろ？」

斎川だけが、やけに楽しそうだ。

チラリと高儀を見上げると、先ほどと同じようにジッと遥大を見詰めていた。

目が合うのを避けて慌てて顔をうつむけた遥人の頭上で、『ハルカ』の扱いについて男たちが言い合っている。『子猫ちゃん』などとふざけたことを言いながら遥人の肩を抱いていた斎川だったが……。

「あ、桐子《とうこ》さんだ。……ちょっと挨拶してくる。ハルカは……」

「では、僕がお相手を」

豪奢《ごうしゃ》なドレスを纏った『美少女』の中身が、男子高校生だと知っている斎川ならともかく……なに一つ事情を知らない男の傍で置き去りにされてしまいそうになり、慌てて斎川を見上げる。

遥大と視線の合った斎川は、『うまくやれ』と目配せをしてきた。

どうやら、わざとこの高儀と遥大を二人きりにしようという魂胆らしい。

「ハルカさん……よろしいですか？」

そう静かに尋ねられた遥大が、嫌だなんて返せるわけがない。

どうすればいいんだよ……と困惑していることを隠すため、うつむいて表情を隠しながら小さく頭を上下させた。

「……はい」

「じゃ、ちょっと頼んだ」

軽い調子でそう言い残した斎川は、シャンパングラスを手にしている女性に向かって大股《おおまた》で歩いていく。

親しい知り合いらしく、女性のほうも嬉《うれ》しそうに笑って斎川に身を寄り添わせた。

その様子を見ている遥大を、フォローしようというつもりなのか……高儀が嘆息して口を開いた。

「あなたのエスコートを放棄するなど……失礼な男で、申し訳ありません」

苦いものをたっぷりと含んだ声に驚き、ビクッと肩を震わせる。

恐る恐る高儀を見上げると、声と同じく申し訳なさそうな顔で遥大を見ていた。

「あなたが謝らなくても……」

「ですが、友人として恥ずかしい。根は悪い男ではありませんが、どうも昔から異性関係にだらしがなくて……と、告げ口のようですね。忘れてください」

しまった、と目が語っている。

気まずそうに遥大から目を逸らした高儀の横顔を、ジッと見据えた。

男だとバレないように、顔をうつむけていなければ……と、そんな思いも頭から抜け落ちてしまう。

なんだろう。この人。

真面目《まじめ》というか、大人なのにバカ正直と言うか……それがどこまで本質なのか、そういうポーズを取っているだけなのか、読めない。

「ハルカさんは、斎川とどのようにして知り合ったのですか？　二十歳《はたち》前後……未成年では？」

当然の疑問をぶつけられ、ギクリとする。

斎川には、『女のふりをして友人を騙す』としか聞かされていない。こんなふうに話さなければならない場面など想定していなかったので、質問にどう答えるか打ち合わせができていないのだ。

黙殺するのは、不自然だろうか。でも、ここで遥大が変なことは言えない。どう答えるのが、無難だろう。

急かすことなく黙って返答を待っている高儀に、遥大は悩み悩み言葉を返した。

「それは……私の独断でお話しできることではありません。斎川さんに、お聞きになってください」

悩んだ末に出した結論は、これだった。

遥大の知ったことではない。斎川に丸投げしてしまえ。

ここに、手間暇とお金までかけて女装させた遥大を連れてきたのはあの男なのだから、『ハルカ』のプロフィールも好きに創作すればいいのだ。

そんなふうに、遥大が自棄気味《やけぎみ》になっていることなど知る由《よし》もない高儀は、やけに深刻な声と顔で謝罪してくる。

「詮索するような真似《まね》をして、申し訳ありません。さぞ、失敬な男だと呆《あき》れているでしょう」

「い、いえ……あの、高儀さん。私よりずっと年上の方ですし、そんなふうに丁寧にお話しにならなくても……」

あんまり堅苦しい口調で接されると、相応の切り返しをしなければならないので息が詰まりそうになる。

なにより、ボロを出してしまいそうだ……と打算の上で切り出した遥大に、高儀は嬉しそうに笑った。

「ありがとう。それで、あなた……君が、少しでも気を楽にしてくれるなら、なにより嬉しい」

チクリと胸を突く痛みは、罪悪感だろうか。

遥人の言葉を、すべて悪意のない……いいように受け取っているみたいで、なんとなく心苦しい。

でも、いくら善人に見えていても、あの一癖《ひとくせ》も二癖もありそうな斎川の友人なのだ。警戒するに越したことはないだろうと、緩みかけた気を引き締める。

「お待たせ。高儀はトムコリンズだろ？　ハルカには、ノンアルコールカクテルだ」

戻ってきた斎川が、両手に持っていたカクテルグラスを遥大と高儀に差し出してきた。

反射的に受け取った遥大の顔を覗き込んで、

「楽しそうに、なにを話していた？」

そう、意味深な笑みを浮かべた。

遥大と高儀が会話を交わしていたのは、少し離れたところからでも見て取れたのだろう。

遥大がどう言い返そうか悩むまでもなく、高儀がポツリと答える。

「……おまえがいかに失礼な男か、と」

「俺のどこが」

「彼女を同伴して紹介するならともかく、初対面の男の傍に放っておいて他の女性に話しかけるなど……失礼としか言いようがない」

「でも、ハルカはそれでもいいんだよなぁ？」

真顔で咎める高儀に、斎川は緊張感のない笑みを浮かべて言い返しながら馴れ馴れしく遥大の肩を抱いてくる。

「…………」

遥大はなにも答えられなくて、頬が引き攣《つ》らないように気をつけつつ、なんとか唇に微笑を滲ませた。

高儀は……どことなく痛ましそうな目で、遥大を見ている。

「互いに束縛はしない。っていうのが、俺と子猫ちゃんたちのお約束だ。ハルカも、俺がどこの女と話していても気にしないだろ」

それは……当然だ。斎川と遥大のあいだに、特別な感情はないのだから。

ただ、「俺の子猫ちゃん」と意味深な紹介を受けた高儀には、恐ろしくいい加減な台詞に聞こえたに違いない。

「どうしておまえは、そういう言い方をするんだ」

「だって、俺の愛は待っている女性たちに均等に分けてあげないとなぁ。みんな可愛くて、大好きだぞ」

「……話にならん。その女性に対する不誠実さえなければ、手放しでいい友人だと言えるものを」

「おまえこそ、堅すぎるところがなければ、もっと遊びに誘うことができるのにな。人生は一度きりなんだ。楽しまなきゃ損だぞ」

「それは正論だが、僕はおまえとは別の方法で楽しむことにする」

タイプの全然違う二人だが、目の前で交わされる会話を傍観している限り気の合ったやり取りに見えないこともない。

ぼんやりと長身の男二人を見ていた遥大は、慣れないヒールのある靴のせいで爪先《つまさき》が痛いな……と、ほんの少し眉を顰めた。

その、わずかだったはずの表情の変化に気づいたのは、高儀だった。

「ハルカさん、どこか具合が悪いのでは？　顔色が優れないようだ」

「うん？　ああ……慣れないパーティーに、気疲れしたか？　ひと通り挨拶はしてきたし、もう帰るか？」

今すぐ帰りたい。

具合が悪いわけではないけれど、高儀の誤解は好都合だ。渡りに船とばかりに、コクコクとうなずく。

「じゃあ、来て早々にだが……今日は引き上げるとしよう」

女装している遥大が高儀に男だと見抜かれなかったことで、一応の目的は果たしたということか。

結局、斎川がなにをしたかったのか……謎のままだけれど、今はこの場から退散するのが優先だ。

か細い声で気を遣いながらしゃべるのも、お淑《しと》やかな美少女を演じるのも疲れた。早く化粧を落として、ウイッグを外したい。

遥大が、ふっと気を抜きかけた瞬間を見計らっていたかのようなタイミングで、高儀に呼びかけられる。

「あ、ハルカさん」

身体の向きを変えようとしていた遥人は、一瞬自分が呼ばれたのだとわからなかった。

少し先を行く斎川に目配せをされて、ハッと高儀を振り返る。

「……は、はい？」

足を止めた遥大に、高儀はホッとしたように笑いかけてきた。

フォーマルスーツの懐に手を入れて、革のカードケースを取り出す。

「こちらを。僕の、プライベートの連絡先です。ハルカさんに、お願いしたいことがあるんです。いつでも構いませんので、よかったらご連絡をください」

スマートな動作で差し出された名刺を、反射的に受け取ってしまった。

斎川が制止しなかったということは、遥大が高儀の連絡先を知ったからといって問題があるわけではないのだろう。

証拠に、

「……疾《やま》しいところがないから、おまえの前でハルカさんに名刺を渡したんだからな。妙な誤解をするなよ」

真摯《しんし》な表情と声でそう言った高儀に、斎川は「ああ」と笑う。

生真面目としか言いようのない高儀とは正反対の、軽い調子で口を開いた。

「ハイハイ。束縛しないから好きにしていい、って言ってんのに。相変わらず真面目というか……堅物というか、バカ正直なヤツだな」

「お決まりの台詞だが、融通が利かない、の一言が抜けているぞ」

「自分で言うなよ」

呆れたように笑っている斎川の隣で、遥大は右手の指に挟んだ名刺をチラリと見下ろす。

初対面の自分への、『お願い』とは……なんだ？

これが、斎川と似通った所謂《いわゆる》『類友』に手渡されたものであれば、パーティー会場を出た直後に名刺を握り潰して黙殺するかもしれない。

でも、高儀の真剣な顔を見てしまえば、そうすることなどできそうにない。遥大の困惑は増すばかりだ。

「待っていますから」

真っ直ぐに遥大と目を合わせて念を押される。首を縦にも横にも振れない遥大は、逃げるように足元に視線を落とした。

あまりにも真っ直ぐな目で見られると、嘘で固めている遥大の胸がチクチクと痛む。

「じゃ、行くかハルカ。またな、高儀」

当然のように肩を抱いた斎川が、高儀の前から引き離してくれるのに、コッソリ安堵の息を吐いた。

《三》

「高儀……昌史」

ベッドに寝転んで顔の前に翳《かざ》した名刺は、携帯電話の番号と名前をメインにした、ごくシンプルなものだ。

最下部に、申し訳程度に職種が記されている。

「アンティーク家具と装飾品の、輸入販売。代表取締役……社長様か」

一般的な会社員という雰囲気ではなかったが、遥大にはどんなものか想像のつかない職業だ。

ハッキリ言って、胡散臭い。

まったく相通じるところなどなさそうだと思っていた斎川との、接点らしきものがようやく見えた感じだ。

「お願いって、なんだろ」

パーティー会場を出て、自宅まで送り届けられたハイヤーの中で、斎川は「とりあえず成功だな」と笑っていた。

「予想はしていたけど、メチャクチャにビックリしてたな。あの様子だと、おまえが超絶美少女だって信じて疑っていなかったし。くくっ……おまえを見た瞬間のあいつの顔、思い出すだけで笑える」

そう言って、人の悪い笑みを滲ませた斎川がなにをしたかったのか、最後までよくわからなかったが……。

自宅の前でハイヤーを降りようとした遥大に、

「後日、改めて連絡する」

と、目を合わせて思いがけず真剣な声で口にした。

そこで、手の込んだ女装をさせられてパーティーに参加することになった経緯を思い出して、キュッと表情を引き締めた。

「……わかった」

のん気だと自分でも思うけれど、家の売買契約を凍結する条件が女装してパーティーへ参加して友人……高儀を騙すことだと、頭の片隅に追いやっていた。

遥大が顔を強張らせたせいか、斎川はよく見る薄ら笑いを浮かべて、軽い調子で言葉を続けた。

「気が向いたら高儀に連絡してやれ。あいつが初対面の女にプライベートの名刺を渡すなんて、初めて見たからなぁ。おまえにとっても、マイナスにはならないはずだ。……あ、その服とカツラはおまえにやるよ」

「いらね……って、聞けよっ！」

遥大の言葉が終わる前に、笑いながら車のドアを閉める。

文句をぶつける先がなくなってしまい、遥大には遠ざかるハイヤーのテールランプを見送るしかできなかった。

門の前にポツンと残された遥大は、自分の服が入っている紙袋を抱えてしばらく立ち尽くしていた。

「あ、ヤバいっ」

夜風が吹き抜けて長い髪が目の前を過《よぎ》ったことで、今の自分がとんでもない女装姿だということを思い出し、慌てて自宅に駆け込んだ。

住宅街とはいってもここは小高い丘の一番上なので、夜はあまり人が通らないところだけれど、うっかり近所の人に見られてしまう危険がある。

母親や真砂子と顔を合わせないよう細心の注意を払い、ドレスを脱いでバスルームに飛び込み……いろんなものを洗い流して、ようやく人心地がついた。

「つーか、本気でいらないし。アレ、どうすればいいんだ？」

ベッドに寝転んだまま自室の隅に置いてある大きな紙袋をチラリと見遣《みや》り、特大のため息をつく。

女装セットなど、押しつけられても処分に困るだけだ。

遥大にとっては『道化《どうけ》』を演じていたような気分だったが、なんの疑いもなく少女だと信じていた男を思えば、複雑な気分になる。

「高儀、さん……か。悪い人じゃなさそうだったけど。おれが女の子だって、本気で信じてたみたいだもんな」

斎川も、高儀本人に向かって堅物で真面目だと言っていたし、遥大……いや『ハルカ』の扱いがいい加減だと、友人である斎川を真剣に咎めていた。

それだけで、善人だと安心できるわけではないが……。

「あの人から見れば、おれなんてガキだと思うのに……堅苦しい口調で、大真面目に話しかけたりして」

大多数の大人から感じる、子供だからと侮られている空気をまったく感じなかった。

斎川に弄《もてあそ》ばれているのではないかと、ただ心配してくれていたようだ。

「……バカ正直」

斎川と遥大がつき合っていると思っていながら、目の前で名刺を渡して連絡を請うなんて、それ以外に言いようがない。

本人が語ったように、下心がないから、だとしても……変な大人だ。

「連絡、してみようかな」

つぶやいて、名刺を指に挟んだままの右手をベッドに投げ出す。

瞼《まぶた》を閉じると、真っ直ぐに視線を合わせてきた高儀の眼差しが脳裏《のうり》に思い浮かんだ。

あんなふうに見詰められたのは、初めてだ。

どうして、驚いたような顔をしていたのだろう。

斎川に二人で残された時も、幾度となく物言いたげな視線を感じていたけれど、結局疑問の答えとなるような言葉はなかった。

「もう一回逢《あ》えば、わかるかな」

今日は心身共に疲れ切ってしまった。

今夜一晩寝て気力を充電し、明日の朝起きて……それでもまだ高儀に連絡しようと思えるなら、電話をかけてみよう。

そう決めて、目を閉じたまま小さくうなずいた。

□　□　□

週末の昼過ぎという時間のせいか、駅前は大勢の人たちが待ち合わせに利用するせいで大混雑している。

コインロッカーに、ここに来るまで着ていた服を収めたバッグを預けた遥大は、自分の足元をチラリと見下ろして「大丈夫かな」と独り言を零した。

トイレの個室で着替えたのはいいが、プロのスタイリストの手で整えられたパーティーの日とは違い自己流の女装だ。

今日は化粧もしていないし、辛《かろ》うじて母親から無断拝借した桜色のリップクリームを塗っているだけで……素顔に等しい。

しかも、夜ではなく真っ昼間の屋外だ。

斎川に押しつけられたロングのウイッグと、これも母親のワードローブから借りた体型を隠せるストンとしたロングワンピースに自前のパーカを羽織《はお》り、足元はスニーカー……とラフな格好だが、ちゃんと少女に見えるだろうか。

「あ……もう来てる」

待ち合わせの相手は、少し離れたところからでもすぐにわかった。

ほとんどの人が手元のスマートフォンに視線を落としている中、長身の男が真っ直ぐに背を伸ばして前を見ているのだからやたらと目立つ。

あちらも、駅から出てきた遥大の姿にすぐ気づいたようだ。目が合った？　と思った途端、大股で近づいてくる。

一メートルほどのところで足を止めると、嬉しそうに笑って口を開いた。

「ハルカさん。連絡をありがとう。勝手に待ち合わせ場所を指定しましたが、来てくれるかどうか五分五分《ごぶごぶ》の覚悟だったので、嬉しいです」

「…………」

直前まで、すっぽかしてしまおうかと迷っていた遥大はなにも答えられなくて、ほんの少し頭を上下させる。

ニコリともしない無愛想さに加えて随分と失礼な態度だと思うけれど、高儀は気にする様子もなく言葉を続けた。

「地下のパーキングに車を停めてあります。暑いので、そちらに移動しましょう」

暑いと言いつつ、本人は涼しげな顔をしている。

フォーマルなスーツに身を包んでいたあの夜とは違い、ノーネクタイで淡い水色のシャツにサマージャケットを羽織り、紺色のパンツに足元は革のシューズだ。

髪形も自然に流しているだけで、かっちりと整えているわけではない。それでも、端整な容貌《ようぼう》には品のよさが漂っている。

姿勢がいいことも長身を際立たせていて、こうして大勢の人がいても一際人目を惹く要因となっているに違いない。

歩きかけた高儀は、突然立ち止まって「でも」とつぶやいた。

なにかと思えば、

「よく知らない男の車に乗るのは、抵抗があるでしょうか。電車だと、少し乗り継ぎが不便で時間がかかりますし……タクシーで」

そう言いながら、駅前のタクシー乗り場に顔を向ける。遥大は、自分の反応が鈍いせいで気を遣わせたのだろうかと、慌てて首を横に振った。

高儀を見上げて、抵抗があるかという言葉を否定する。

「いえっ。そんな……抵抗なんて、ありません。斎川さんの……お友達ですし」

話の流れで斎川の名前を出すと、ほんの一瞬だが高儀の表情が曇ったように見えた。

それも、気のせいかと確信が持てないほどのかすかな変化で、すぐに穏やかな笑みを浮かべる。

「では、その信用を裏切ることはないとお約束します。……僕の車に乗ってくれますか」

「は、はい。あの……言葉、そんなに丁寧じゃなくていいとお願いしたはずです」

「ああ……そうでした。うっかり失念していた。じゃあ、今度こそ移動しよう。直射日光で肌や目を傷めてもいけない」

身体の向きを変えた高儀に誘導されるまま、雑踏の中を歩き出す。

遥大に歩調を合わせてくれているのか、高儀の足の運びはゆったりとしたものだ。しかも、すれ違う人と接触しないようさり気なくエスコートしてくれている。

「ハルカさん？　歩くの、速い？」

歩を緩めたせいか、高儀がチラリと振り向いてそう尋ねてくる。

気遣わしげな目で見下ろされた遥大は、慌てて首を左右に振った。

「い、いえ」

この人の目には、きちんと『ハルカという名の少女』に見えているのだとホッとして、少しだけ緊張を解いた。


高儀がハンドルを握る車は、黒に近いグレーのベンツだ。自宅にあったものも含めて、高級車を多く見てきた遥大もあまり縁がなかったＣＬＳクーペは、大人しそうな高儀が選ぶには少し意外なタイプだった。

サスペンション性能がいい車は振動が少なく、滑るように高層ビルが立ち並ぶ都心を抜けて、郊外へと向かう高速道路を走り続けている。

どこに向かっているのか聞かされていないので、高速道路に設置されている案内表示をチラチラ見上げて現在地を確認する。

「あ……海」

車窓から海が見えて、窓に顔を寄せた。

海は好きだ。日常生活では海に接する機会はあまりないけれど、子供の頃には何度か海の傍にある伊集院家の別荘に遊びに行ったことがある。

父親は仕事に忙殺されていたので、母親とお手伝いさん数人と遥大で先に別荘に向かい、後から父親が合流して……家族がそろうのは、半日か、長くても一泊二日だったけれど、楽しかった。

あの別荘も、今は……強欲な親戚の名義になっているはずだ。

いつでも自由に行ける時は顧みなかったくせに、人手に渡ってしまったら懐かしくて堪《たま》らないなんて、我ながら勝手だと思う。

当たり前にあって、これから先もそうだと信じて疑っていなかった日常がこんなにも脆《もろ》いものだなんて、知らなかった。

この半年ほどのあいだに激変した日々をぼんやり思い起こしていると、高儀が静かに話しかけてくる。

「疲れた？　もう少しなので」

「……はい」

小さな声で答えた遥大は、窓の外を眺《なが》め続ける。

高儀はさほど口数が多い人間ではないのか、これまでほとんど声をかけてこなかった。

一時間近くも、車内という密室状態でよく知らない人間と二人きりでいるなど、もっと気詰まりになるはずだ。

でも、高儀の纏う空気は不思議なくらい遥大の警戒心を呼び覚まさなかった。穏やかで、静かで……。

側道に逸れて高速道路を下りた車は、交通量の多くない海沿いの道を走る。対向車もなく、十分ほど経ったところでスピードを緩ませた。

「すぐそこです」

高儀が指差したのは、海際に建つ瀟洒《しょうしゃ》な建物だった。

雰囲気的には、リゾート地でよく目にするコテージ風の別荘だ。海側に張り出したテラスにはテーブルセットが置かれていて、真っ白な壁と赤い屋根が、すぐ傍にある海の青に映える。

「あの……」

「ハルカさんに、逢ってもらいたい人がいるんです」

高儀はそう口にすると、建物の脇にある駐車スペースに車を滑り込ませた。

いったい誰に引き合わされるのか、とか。ここはどこなのか……という疑問は、今更か。

遥大が尋ねれば答えてくれるかもしれないけれど、目的地に着いてから質問するなんてなんだか間抜けだ。聞いたところで、どうするでもない。

のろのろとシートベルトを外していると、車のエンジン音が聞こえていたのか、建物の玄関扉が開いてエプロン姿の女性が姿を見せた。

年齢的に母親かと思ったが、運転席を降りた高儀に深く頭を下げたところから、雇用されている人だろうと察せられる。

助手席側へと回り込んできた高儀にドアを開けられてエスコートされると、グズグズと車内に留《とど》まることができなくなった。

遥大が車から降りると、

「いらっしゃいませ、昌史様」

遥大が予想した通り、女性は敬称をつけて高儀の名前を呼ぶ。

高儀も、慣れた様子でそれを受け入れて口を開いた。

「朝、連絡した通り……お客様をお連れしました。お爺様《じいさま》は、今は？」

「起きておいでです。昌史様が到着なさるのを、お待ちになられています」

高儀は女性の返事に大きくうなずくと、車の脇で所在なく立ち尽くしている遥大を振り返った。

「祖父に君を紹介したい」

「……はい」

逢わせたい人とは、高儀の祖父……か。

でも、どうして自分を？

遥大は、疑問を隠せない、不思議そうな顔をしているはずだ。数歩前を歩く高儀が、ゆっくりと歩きながら言葉を続けた。

「高齢のせいもあって、少し前から体調が優れなくてね。身の回りの世話を頼んでいるヘルパーさん数人と、空気のいいこちらで静養しているんだ。……ハルカさんと逢えば、きっと元気が出ると思って……」

「どうして、お……私……に？」

「それは、……あ」

高儀はなにか言いかけたところで、言葉を切る。廊下の奥に、こちらを窺う人影がチラリと見えたせいだろう。

すぐに扉が開いたままの部屋に引っ込んでしまったが、高儀は「仕方ない人だ」と嘆息する。

「こちらをどうぞ」

「ありがとうございます」

エプロン姿の女性にスリッパを差し出されて、靴を脱いで廊下に上がる。回れ右をして屈《かが》み込み、スニーカーの爪先を揃《そろ》えて向きを変えた。

高儀は足を止めて待っていてくれたらしく、遥大が立ち上がったのと同じタイミングで廊下を歩き始める。

廊下の端で立っている女性に、

「別室で休んでいてください」

そう告げて遥大をチラリと目にした。

つまり、あれだ。邪魔をするなと、オブラートに包んで命じたようなものだ。

当然、彼女も心得ているのだろう。

「はい。ご用がありましたら、お声をおかけください」

そう答えて、微笑《ほほえ》みを消すことなくうなずいた。

遥大の家も、少し前までは同じような雰囲気だったからわかる。高儀も、こうして人を使う環境に慣れた育ちの人なのだろう。嫌味や傲慢《ごうまん》さを少しも感じさせず、自然と主として振る舞っている。

「ハルカさん、こちらに」

「あ、はい」

ぼんやりとしている遥大を静かな声で促して、廊下を歩き……先ほど、誰かが顔を覗かせていた部屋の前で立ち止まった。

開いているままの扉を『ココン』とリズミカルに三度ノックして、声をかける。

「お爺様。お客様をお連れしましたが、よろしいですか」

「…………」

「狸寝入《たぬきねい》りをしていても、起きているのはわかりますよ。ついさっき、こちらから顔を覗かせていましたね？」

苦笑した高儀が遥大を振り向き、

「ハルカさんは気にせず、どうぞ」

と、室内を手で指し示す。

いいのかな……と躊躇《ためら》ったけれど、廊下の真ん中にぼんやりと突っ立っているわけにもいかず、高儀に続いてその部屋へ足を踏み入れた。

顔を上げた遥大の目に一番に飛び込んできたのは、壁一面の大きな窓から望む真っ青な海だった。

「……うわぁ」

思わず感嘆の声を漏《も》らした。壮観の一言だ。

無人の白い砂浜に沖合いを行くヨット、遥か彼方《かなた》の水平線まで目にすることのできる、見事な眺望だ。

壁際には、二重三重のカーテンで日差しを微調整することのできるベッドが置かれていて、白髪の老紳士が横になっている。

彼が、高儀の祖父に違いない。

「お爺様。瞼が震えてますよ」

「……若い女性を連れてくるなど、聞いておらんぞ。寝間着姿で対面するなど、みっともない」

ベッドに横たわっている老紳士が、不機嫌な声で高儀に文句をぶつける。

寝たふりをしようという努力は、完全に放棄したらしい。

「それは失礼しました。ですが、寝間着よりもベッドでふて寝をしている姿を見られてしまうほうが、大問題だと思いますが」

ふて寝？　それも、パジャマ姿を遥大、いや『ハルカ』に見られたくなかった、と拗《す》ねているせいで？

なんて、可愛い……と頭に浮かんだ途端、頬の筋肉が緩んでしまった。

「ッ……」

ダメだ。笑うな。ここで自分が笑ってしまったら、この老紳士はますます臍《へそ》を曲げてしまう。

そう心の中で言い聞かせても、どうしても唇が震えてしまう。ポーカーフェイスを繕おうとしてもうまくいかず、高儀に目敏《めざと》く見られてしまった。

「ほら、ハルカさんに笑われますよ」

「す、すみません。失礼な……ことを」

笑っていないと誤魔化《ごまか》すのは、白々しいか。

そう思って謝罪を口にしたけれど、声にも笑いが滲み出てしまった。

数秒の間があり、老紳士がベッドから身体を起こす。

「昌史、おまえは……ッ」

ベッド脇に立つ高儀を見上げてなにか言いかけた老紳士の視線が、斜め後ろにいる遥大に移り……言葉が途切れた。

高儀と確かな血縁関係があることを感じさせる、品のいい端整な容貌の紳士だ。その紳士が大きく目を瞠り、マジマジと遥大の顔を見詰めてくる。

なに？　驚きというよりも、あるはずのない幻《まぼろし》でも見ているかのような、不思議そうな表情だ。

ギュッと眉間《みけん》に縦皺《たてじわ》を刻んで忙しない瞬きをして、それでも遥大が消えないことを確かめているみたいだった。

戸惑った遥大は、高儀に助けを求める視線を向ける。横顔にその視線を感じたのか、ベッドの老紳士を目にしていた高儀が振り返った。

「ハルカさん」

静かに名前を呼ばれて、ゆっくりと足を運ぶ。高儀の隣に立つ『ハルカ』を、老紳士はベッドの上からマジマジと見続けていた。

あまりにも視線が強烈で、息が苦しい。搦《から》め捕《と》られたようになっていて、目を逸らすこともできない。

「お爺様、ハルカさんです。斎川はご存知ですね。彼の知人ですが、僕も友人にしていただきたくて……無理をお願いしてお誘いして、近くまで出かけついでに、こちらに立ち寄らせていただきました」

「あ……ああ」

高儀が遥大を紹介すると、老紳士はハッとしたように軽く頭を振った。

やっと射貫《いぬ》くような鋭い視線から解放された遥大は、こっそりと息をつく。

なんだか苦しいと思ったら……あまりにも凝視されるものだから、無意識に息を詰めていたようだ。

老紳士は、つい今しがた夢から醒《さ》めたような表情で口を開いた。

「……ハルカさん、というのかね」

遥大を見上げる目は、先ほどまでの夢か幻を見るようなものではなく、今度は眩《まぶ》しいものがそこにあるかのように細められていた。

体調が優れないということもあってか、声が掠《かす》れている。

けれど、こちらを見る視線だけは、種類は違ってもやはり強烈で……遥大は小さくうなずくのでやっとだった。

「……はい」

意識しなくても、か細い声になる。

遥大をジッと見ている老紳士が、恐る恐るという言い方がピッタリな動きで右手を差し伸べてきた。

「こちらへ。もっと、近くに来てくれんかね」

「え……ええ」

強制する言い方ではなかった。でも、拒絶することができなくて、ぎこちなくうなずく。

ベッドにいる高儀の隣へと、ゆっくりと足を運んだ遥大の手を、老紳士がギュッと握り締めた。

「あ……」

握られた手からぬくもりが伝わってきて、戸惑いが増した。皺の刻まれた細い指なのに、思いがけず強い力だ。

「お爺様、ハルカさんが驚いていらっしゃいますよ」

咎める口調で高儀が口を開き、老紳士の指からパッと力が抜ける。

老紳士に握り込まれていたのは、ほんの数十秒のことなのに、指に不思議な余韻が漂っているみたいだった。

「ああ……すまん、つい。失礼した」

そう申し訳なさそうに謝罪しながら白髪の頭を下げられて、遥大は慌てて顔の前で手を振った。

「いえっ、お気になさらず」

「昌史、お茶の用意だ。ハルカさん、このような無様な格好で申し訳ないが……」

老紳士は、遥大を見る目とは違い、孫である高儀のことは鋭い目つきで見上げる。きっと、こちらが彼の地の姿なのだろう。

苦笑した高儀は、「気が利かなくてすみません」と素直に謝罪する。

「……すぐにお茶をお持ちするよう、声をかけてきます。ハルカさん、申し訳ありませんが少し祖父の傍にいていただいてよろしいですか？」

「は、い」

答えは戸惑いを含む声だったと思うけれど、高儀は老紳士と遥大を残して部屋を出ていってしまった。

どうしよう。黙って、ベッド脇に突っ立っているわけにもいかない。でも、なにを話せばいいのだろう。

夏掛《なつか》け布団《ぶとん》の白いカバーを見下ろす遥大の顔を、やはり老紳士はジッと見ている。

なぜ、そんなに見詰める？　そういえば、高儀もあのパーティーの夜、遥大の顔を驚いたように凝視していた。

この顔の、なにがそれほど彼らの興味を惹くのか……不思議だ。

「ハルカさん」

「は、はい」

「申し訳ないが、カーテンを……ベッドではなく、窓のほうの一番薄いものを、引いてくれんか。外からの光が強くて、少し眩しいんでな」

「わかりました」

手持ち無沙汰《ぶさた》だった遥大は、ホッとする。

窓に歩み寄ると、言われた通りに一番薄いレースのカーテンを引いた。

「これで、大丈夫ですか？」

振り返った遥大を、老紳士は目を細めて見ている。外の光が眩しいせいなのか、と思ったけれど、遥大の顔から視線を逸らすことがない。

「不躾なことを言うが、老人の頼みだと許してほしい。あんたの顔を、もっと近くでよく見せてくれ」

「……はい」

ベッドの枕元に立つと、老紳士は遥大の手をそっと取って顔を見上げてきた。

遥大を見ているようで、もっと遠くを見つめているかのような、どこか懐かしそうで……優しい眼差しだ。

遥大はなにも言えず、唇を引き結んで老紳士に握られている自分の右手に視線を落とす。

「お待たせしました。ハルカさんも、紅茶で大丈夫かな？　お爺様が紅茶党なもので、好みをお聞きせずに用意してしまいましたが」

「あっ、はい。……私も、紅茶は好きです」

戸口から聞こえてきた高儀の声に、ハッとして振り向いた。

部屋に入った高儀は、小さな丸いテーブルにポットやティーカップの並ぶ銀色のトレイを置き、遥大と老紳士の様子に苦笑を滲ませる。

「すみません、ハルカさん。祖父が無理をお願いしたのでは」

「いえ、そんなことはありません」

老紳士に手を握られている遥大を気遣う高儀に、首を横に振って答える。

高儀は遥大の返事に軽く肩を上下させると、もう一度、今度は視線で「すみません」と告げてきた。

「それならいいのですが。お爺様、お茶を……」

「ベッドで茶を飲むなどと、みっともない真似はできん。そちらに移る」

握っていた遥大の手を離してロッキングチェアを指差した老紳士に、高儀は「はい」とうなずいてベッド脇に立つ。

ゆっくりとベッドから足を下ろした老紳士は、差し出した高儀の手を見事なまでに無視して足を運び、思っていたより危なげのない動きでロッキングチェアに移動した。

遥大と目が合った高儀は、祖父に無視された自分の手を軽く上げて、密やかな微笑を滲ませる。

「ハルカさんも……お茶が冷めないうちに、どうぞ」

「は、はい」

丸テーブルと対になっているダークブラウンのイスを示され、うなずいてそこに腰を下ろした。


夕方になれば道路が混むから、と早めに出発したにもかかわらず、都心が近づくにつれて高速道路を走る車が増えて流れが悪くなってくる。

海際の別荘を出発して一時間近く、無言でハンドルを握っていた高儀がポツポツと口を開いた。

「ハルカさん、今日は本当にありがとう。あんなに嬉しそうな祖父の顔を見たのは、久し振りだった。あなたのおかげだ」

「いえ……私は、なにも」

高儀とその祖父と、自分。三人で紅茶を飲んだだけだ。特別、気の利いた会話ができたわけでもない。

帰り際、「お邪魔しました。さようなら」と告げた遥大に、老紳士は無言でうなずくだけだった。

言葉はなかったけれど、どことなく名残惜《なごりお》しそうな表情で遥大を見送った老紳士の姿が目に焼きついている。

「いろいろ、祖父が失礼なことをしてすみません」

「失礼なんて、なにもありません。ただ……驚かれたことに、驚きました」

妙な言い回しかもしれないが、それ以外にどう言えばいいのかわからない。

どうして、あんな顔で自分を見詰めていた？　強く手を握ってきた細い指は、今思えば……かすかに震えていた。

疑問は多々ある。

けれど、深く追及してもいいものかどうか迷い、一言も投げかけることができないでいる。詮索するような質問ができないのは、遥大自身にも秘密や後ろめたいところがあるせいだとわかっているけれど。

口を噤《つぐ》んだ遥大に、高儀は静かな声で老紳士の驚きの理由を明かしてくれた。

「実は……ハルカさんは、祖父の想い人に似ているんだ。大昔の、若かりし頃の初恋というものかな」

それは、予想もしていなかった理由だった。

目をしばたたかせた遥大は、首を傾げて聞き返す。

「それで、あんなに驚いて……？」

「ええ。どうも、高嶺《たかね》の花というか、叶《かな》わない恋だったらしくて……祖父は祖母と結婚しましたし、きっとその女性も別の男性と結婚されたのだと思います。でも、今も大切な人であることは変わらないらしい。本人は隠しているつもりのようだが、僕は祖父の秘密を見てしまったので」

優しい調子で語る高儀の横顔を、さり気なく見遣った。

高嶺の花とか、叶わない恋という言葉はどこか切なく、甘く……あの年代の人の若かりし頃ならば遥大にとっては遠い昔で、まるで映画のように美しくも感じる。

そんな人に、本当は少女ではない自分が似ているのだと言われると、胸の奥から罪悪感が湧き上がる。

「……すみません」

思わず謝罪を口にした遥大に、高儀は「え？」と驚いたように短く零した。

「どうして、あなたがすみませんだなんて」

「だって、そんな綺麗な思い出の人に……お、私が、なんて。夢想を壊してしまったのでは

ないかと」

初恋の人なんて、思い出の中にあるからこそ、美しいものではないだろうか。どれほど似ているのかはわからないが、具現化した存在が自分では……ガッカリさせてしまったかもしれない。

そう、思ったままをポツポツと答えた遥大に、高儀はフロントガラスを見詰めたまま「まさか」と、真顔で言い返してきた。

「ハルカさんは、綺麗だ。祖父の驚き様を見たでしょう？　夢が具現化するなど、どんなに願っても叶わないものなのに……祖父の夢は叶った。あなたのおかげだ」

真摯な口調と表情でそんなことを言われても、偽りの少女である遥大は、無言でうつむくしかできない。

この人の言葉は、初めて逢ったパーティーの夜も今も、飾らず真っ直ぐだ。こんな大人は初めてで、戸惑うばかりだった。

「……思ったより渋滞しているな」

高儀のつぶやきに顔を上げて、フロントガラスの向こうを見遣った。前方には、ズラリと赤いテールランプが続いている。カーブの先の様子はわからないけれど、きっとかなり先まで同じ状態だろう。

車に備えられている時計は、十七時を指している。あまり帰宅が遅くなると、母や真砂子が心配するな……と軽く唇を噛んで、高儀に話しかけた。

「……あの、適当なところで降ろしてください。駅の傍なら、どこでもいいので」

「ですが」

「電車のほうが早いです。それとも、電車に一人で乗ることもできないほど頼りなく見えますか？」

「そういうつもりでは。……では、そこのＩＣ《インターチェンジ》を降りたところに地下鉄の駅があるので、そこで」

帰宅を急いでいるのだと、伝わったのだろうか。高儀は遥大の言葉を渋々ながら受け入れて、分岐点を高速道路の出口に向かう。

料金所のゲートを抜ければ、確かに地下鉄の駅は目の前だった。

ここからなら、高儀と待ち合わせた駅まで十五分くらいで行けるとホッとする。

帰宅は急ぐけれど、その前にロッカーに入れてある服を回収して、着替えなければならないのだ。

「……ハルカさん」

「…………」

「ハルカさん」

帰宅ルートを考えながら窓の外を見ていた遥人は、それが自分に対するものだと気づくのに遅れて、二度目の呼びかけでハッとする。

「あ。はい。すみません、ぼんやりしていて」

慌てて応えると、高儀は二車線ある車道の左端に車を停めた。タクシーの乗降場を示す標識が立っていて、わずかながらスペースがある。

十秒余り、物言いたげな目で遥大をジッと見ていたけれど、ふっと息をついて思い切ったように口を開く。

「図々《ずうずう》しいお願いをします。ハルカさんの迷惑にならない範囲で……またお誘いしてもいいですか？　都合のいい時で構わないので、祖父に逢ってあげてほしい。話し相手になっていただけると嬉しい」

真剣な顔と声でそう請われて、「え……」と目を見開いた。

どうしよう。今のところ、高儀に悪い印象はない。彼の祖父も、自身の祖父がいない遥大には好ましくて……でも。

「……でも、お……私でいいんですか？　気の利いた話ができるでもないし、今日は緊張して猫を被っていましたが、本当は気が強くて大人しくなんかない。お行儀がいいわけでもないし、男勝りだってよく言われていて……間違いなく、お爺様をガッカリさせます」

うまく断る術《すべ》を思いつかない遥大は、今の自分は巨大な猫を被っているのだと、言葉を選びながら言い返す。

一度だけならともかく、この先もボロを出さずにいられるとは思えない。

なんといっても、中身は男子高校生なのだ。それも、自己申告した通りに遥大は元来大人しい性格ではない。

高儀は、迷い迷い語る遥大の言葉を真顔で聞いていた。そして、思いもよらない言葉を返してくる。

「そうかな。育ちのよさが、随所に見て取れたけれど。それに、たおやかで儚《はかな》げに見えて、その実芯《しん》の強い女性は魅力的ですね」

ニッコリと笑いかけられた遥大は、じわっと頬が熱くなるのを感じて戸惑った。

なんなんだ、この人。天然のタラシというやつか？

一切の照れを感じさせずに、この顔でそんな台詞を吐くなんて……男の遥大がドギマギするのだから、本物の女性など瞬殺されてしまいそうだ。

遥大がそんなふうに感じて戸惑っているなどと、知る由もないのだろう。高儀は静かに言葉を続ける。

「老い先の短い老人のためと思って、お願いできませんか」

「そんな言い方するな……っしないで、ください」

早速ボロを出してしまいそうになり、慌てて言い直す。

今の取り繕い方は、不自然だろうか……と視線を泳がせる遥大に、高儀は笑みを深くして口を開いた。

「やはり、優しい人だ。ハルカさんが老人の茶飲み相手など嫌だと仰るなら、強要はできませんが」

「嫌だなんて、そんなことありません」

高儀の言葉に、焦って首を横に振る。

高儀の祖父を厭《いと》うて、渋っているわけではないのだ。問題があるのは、こちら側であって……高儀や老紳士に非は一つもない。

遥大が否定すると、高儀は大きくうなずいた。

「ありがとうございます。では、改めてお誘いします」

「え……、あ、れ……?」

今の流れは、遥大がOKしたということだろうか。なんとなく、煙《けむ》に巻かれたような気もするけれど。

目を白黒させていると、後方からクラクションの音が響いた。振り向いた遥大の目に、ハザードランプをつけたタクシーが映る。

「おっと、動かないと」

「すみません、私がグズグズしていたから。あの、では……ここで」

助手席のドアを開けた遥大は、急いで車を降りる。ドアを閉める直前、高儀は運転席側からこれまでにない早口で声をかけてきた。

「今日は、本当にありがとうございました。近いうちに、また連絡するので」

再び急かすようにクラクションが鳴らされて、遥大は小走りで車を離れた。歩道に立って振り向くと同時に、高儀の運転するベンツがゆっくりと動き出す。

また連絡する、という言葉を……断れなかった。

ダークグレーの車体が他の車に紛れて見えなくなってから、そう気がつく。

結局、彼の思うままに誘導されてしまった。

「なんなんだ、あの人。優男かと思ったら、結構強引なんじゃ……」

呆然《ぼうぜん》とつぶやいた遥大は、変なことになったなぁ……と大きく肩を上下させた。

《四》

「はぁ……今日も、あっついなぁ。あ……？」

足元に視線を落として一心不乱に坂を登っていた遥大は、自宅前に停まっている車に気がついて眉を顰めた。

ホワイトのＢＭＷか。この車の所有者が誰かは、想像がつく。そしてそれは、歓迎できる訪問者ではない。

無視して車の脇を通り抜けようとしたけれど、運転席のドアが開いて長身の男が姿を現した。

「こらこら、少年。無視するんじゃない」

「……なにかご用ですか」

足を止めた遥大は、目の前に立ち塞《ふさ》がる身体も態度も大きな男をチラリと見上げて、無愛想に口を開く。

可愛げのない態度だと自分でも思うのに、斎川はニヤニヤと楽しそうな笑みを消すことなく言葉を返してきた。

「ご用があるから、クソ暑いところで待っていたんだ。おまえの家で話すのと、車に乗るの……好きなほうを選ばせてやるよ」

家は……困る。心配をかけたくないので、母親や真砂子にこの男を逢わせたくない。

でも、言われるままこの男の車に乗り込むのはなんだか悔しい。

立ち尽くして唇を噛《か》んでいたけれど、遥大が選ぶべき二択の答えなど決まっている。

斎川も、尋ねる前からわかっていただろうに……選択権を与えてやると言わんばかりのわざとらしさには、性格が悪いとしか思えない。

「暑いなぁ。汗かくの、嫌いなんだよな」

そう言いながら自分の顔を手で扇《あお》いでいる斎川を、「車に戻れば？」と睨み上げたところで、抵抗にもならない。

ますますタチの悪い笑みを深くして、

「そろそろ結論を出してくれるか。……どうする？　お坊ちゃん」

そう言いながら、遥大の顔を覗き込んできた。

唇を引き結んだ遥大は、ふいっと横を向いてささやかな反抗を示し、後部座席のドアに手をかける。

「……お邪魔しますっ」

短く宣言しておいて、広いシートに腰を下ろした。力任せに重いドアを閉めると、派手な音が響く。

癪《しゃく》だが、この男を無視できる立場ではない。助手席ではなく後部座席に乗り込んだのは、せめてもの反発だ。

運転席に戻ってきた斎川からは、

「スゲー音がしたぞ。お育ちがいいお坊ちゃんなのに、手荒いな」

などという嫌味が聞こえてきたけれど、知ったものか。

遥大が黙っていると、ゆっくりと車を発進させながらバックミラー越しに遥大と目を合わせてきた。

「高儀と逢ったんだって？」

「なんでっ、知って……」

唐突な質問に驚いて思わず聞き返したけれど、愚問だろう。遥大はなにも言っていないのだから、高儀が話したに決まっている。

そう遥大が予想した通り、斎川は高儀の名前を出した。

「高儀が、バカ正直に電話してきた。おまえを静養中のジイサンに逢わせたことと……この先も、定期的に連れ出すって？」

「……そんなことまで」

黙っていても、斎川にはわからないと思うのに……わざわざ報告するなんて、高儀には中し訳ないが斎川の言う通り『バカ正直』な人だ。

「おまえが俺のものだって、信じてるみたいだからなぁ。事情を説明して、連れ出すために了解まで求めてきた。自分が強引に頼んだから、ハルカさんは悪くない……僕と逢っているといって変に彼女を疑うなよ、だってさ」

「あの人、本当にあんたのオトモダチ？」

斎川と高儀は、どう考えてもタイプが違いすぎる。高儀は人が好さそうなので、斎川に騙されているのではないかと心配になってきた。

眉を顰めて尋ねた遥大に、斎川は「心外だ」と嫌そうに言い返してくる。

「失礼なヤツだなぁ。人生の半分ばかりつき合っている、正真正銘のオトモダチだ。アイツはお人好しでバカ正直だが、本物の愚鈍なバカじゃないからな。それに、あのバカ正直と接していたら、悪意を殺《そ》がれる」

「微妙に矛盾してるけど、まぁ……そう、かも？」

バカ正直でも、愚鈍な人ではないと遥大にもわかる。

わざわざ斎川に、遥大……『ハルカ』を祖父に逢わせるため連れ出すからと許可を請うのも、高儀の誠実さがさせたことだろう。

うまく嘘をつくこともできるだろうに……変な大人だ。

斎川は、車を走らせながら言葉を続けた。

「そういや高儀に、純粋な少女を弄んでいるんじゃないだろうな、って文句を言われたぞ。他にも交際相手がいて、本気じゃないなら手放せ……だと」

ハンドルを握っている斎川は、楽しそうにククッと肩を震わせる。

かなり危うい言動も見せた気がするけれど、高儀は遥大が少女であることを信じているようだ。

遥大がなにも答えられずにいると、斎川は一人で話し続ける。

「おまえには関係ないだろうと返したら、ハルカさんを傷つけるなよ、と凄《すご》まれた。あいつが、そこまで俺の女関係に口を出すのは初めてだ。どんなデートをしたのか知らないが、随分と気に入られたもんだなぁ」

「デートなんて……してない。高儀さんはそういうんじゃないって、わかってるだろ」

斎川はわざとそんな言い回しをしたのかもしれないが、つい高儀を擁護するような反論をしてしまった。

だって、わざわざ自分を連れ出す許可を得た上に、事後報告までしたというのだ。そんなバカ正直な人に対して、変な含みのある言い方をされると気分がよくない。

「……そいつは悪かった。あ、俺は、好きにしろって言っておいたから。誘ってきたら断るなよ」

「……なんで、あんたにそんなこと言われなきゃならないんだ」

遥大が自分の言うことをきいて当然だ、といわんばかりの態度にムッとして、ボソッと言い返した。

斎川のような態度で接してくる大人は、珍しくない。遠縁の親戚たちも、あからさまに子供であることを侮った口調と態度で遥大と対峙《たいじ》していた。

やはり、高儀のような人間は変わっている。

「なんで、っておまえと俺の立場はどっちが上だ？　俺が権利書をどこかに流せば、明日にでもお家から追い出されるぞ」

「ッ……」

悔しい。悔しいっ。でも、言い返すことができない。

遥大は、膝《ひざ》の上でグッと手を握り締めて唇を嚙む。母を守りたいと豪語しても、口先だけでなんの力もない。

そうして自分の無力さを嚙み締めていると、

「提案だが」

斎川が、これまでとは違う真面目な口調で切り出した。

なんだ？　とゆっくり顔を上げた遥大は、ヘッドレストから覗く斎川の頭に目を向けて、続きを待つ。

「高校の夏休みって、いつからだ」

「……来週」

身構えていたのに、答えを渋るような質問ではない。そのことが逆に胡散臭くて、警戒心たっぷりに言い返した。

声に訝《いぶか》しむ思いが滲み出ていたのか、斎川がククッと笑う。

「おまえも素直だなぁ。……ここからが本題だ。夏休みのあいだ、『ハルカ』になって高儀の相手をしろ。夏休みが終わるまで男だってバレなかったら、家の権利書をプレゼントしてやる」

「は……あ？　なんだ、それ。メチャクチャに胡散臭いんだけどっ」

とんでもない『提案』に対する驚きのあまり、取り繕うことのない本音が零れ落ちてしまった。

夏休みのあいだ、少女のふりをして高儀を騙す？

成功したら、権利書を返してくれると言われても……「ハイ、それでは」なんて受け入れられるわけがない。

いくら遥大が世間知らずな子供でも、そんな都合がいいというか意味のわからない提案にホイホイと乗れるものか。

「だいたい、あんたになんのメリットがあるんだ」

一番の疑問は、そこだ。

遥大を女装させて高儀を騙すことに、家の権利書と引き換えにするほどのどんな理由があるのだろう。

「おお……ホントに賢いなぁ。理由はいろいろあるが……まぁ、一つ挙げるなら、面白そうだから」

「お、面白そうだからぁ？」

なんだ、その理由。あまりにもバカげている。すんなり信じられない。

眉を顰めて斎川の後頭部を睨んでいると、赤信号で車を停車させた斎川が視線を感じたかのように振り向いた。

「いや、マジで。高儀のヤツがあんなに女を気にかけるのは、俺の知る限り初めてなんだ。おまえが気になって堪らないんだろうな」

「……それ、おれが男だってバレたらどうするんだ」

「んー……美少女にデレデレしていたことを、笑ってやる。いつも俺のことを極悪非道な遊び人呼ばわりしているからな。あいつも所詮男だ。美少女に脂下《やにさ》がる俗物だって、思い知らせてやる」

「…………」

悪びれずそう言い放った斎川に、遥大は絶句した。

なんなんだ、この男。本気なのか？

本気で言っているのなら、悪趣味というか酔狂というか、……言葉で言い表せるレベルを突き抜けているのでは。

「お、青だ」

交差点の信号が青に変わり、正面に向き直った斎川が車を発進させる。

無言で首を捻《ひね》っている遥大をよそに、マイペースで言葉を続けた。

「万が一、血迷っておまえに手を出そうとして……美少女の正体が男だって知ったら、どんな顔をするかなぁ、とか想像するだけで愉快だろ？　しばらくそのネタで、笑って過ごせる」

そんな勝手な言い分に、遥大はググッと眉間に皺を刻んだ。

込み上げてくる憤りを我慢できなくて、引き結んでいた唇を開く。

「友達をそんなふうに陥れようとするなんて、人間としてサイテーだろ」

「そっかぁ？　潤いを与えてやろうという、麗しい友情だと思うが。あの堅物、寄ってくる女を禁欲中の僧侶みたいに片っ端から蹴散《けち》らして、なにが楽しいんだか。このままだと、あっという間に干からびてジイサンだ。中身が男と知らないからだとしても、美少女に関心を寄せる普通の男みたいなところがあって、オトモダチとしてはちょっとばかり安心した。だから、おまえが相手をしてくれたら嬉しいねぇ」

「……な、なんか、よくわかんなくなってきたんだけど」

斎川の飄々《ひょうひょう》とした言い分を聞いていると、そんなものか？　と納得しそうになってしまう。

でも、やっぱり……変だろう。

それは友情ではなく、ただの嫌がらせではないのか？

混乱している遥大を、斎川は「深く考えるな」と笑い飛ばす。

「おまえにしても、悪くないだろ。夏休みが潰れるかもしれないが、家を取り戻すことと天秤《てんびん》にかけるまでもなくどっちが重要かわかるな？　八月の末まで美少女のふりをするだけで、平穏な日常を手にすることができる。こんなうまい話、他にあるか？　つーか、ここで『うん』と言わなければ、確実に路頭に迷うことになるぞ」

「う……それは、そう……だけど」

畳《たた》みかけるような勢いの斎川の言葉は、今の遥大にとってもなに一つ否定できないものだった。

本当にそんなことで家の権利書を取り戻せるのなら、遥大に断る理由はない。他にどうすればいいのか、有効な手立てなどないのだ。

斎川の提案を蹴ってしまったら、今の生活を続けられなくなる日が近いのも確かで……。

無言で考え込む遥大が拒否できないことを、斎川はわかっているはずだ。そのくせ、重ねて答えを強要することなく、遥大自身が返事をするのを待っている。

「……本当に、夏休みが終わるまで高儀さんを騙せたら、家の権利書を返してくれるんだろうな」

「ああ。俺は、嘘つきは嫌いだ。一筆、書いてやろうか」

斎川を、完全に信用することはできない。

でも……他に選択肢はない。

深く息をついて迷いを手放した遥大は、膝の上で両手を握ってうなずいた。

「わかった。あんたの提案に乗る。だから、一筆書いてよ」

運転席の斎川がどんな顔をしているのか確かめることはできないけれど、小さく肩が揺れているのは見て取れた。

斎川は、笑みを含んだ声で遥大に答える。

「っく……しっかりした坊ちゃんだな。約束だ。証文を取ってやる。話が決まったところで、とりあえずどっかに入るか。ファミレスなら、道沿いにあるだろ」

道なりにゆっくりと走っていた車が、明確な目的地を持ったことで速度を上げた。

遥大は、車窓を流れていくビル群を眺めながら、本当にこれでいいのか……今更なことを考える。

「……てる」

「ああ？　なんか言ったか？」

「なにも」

自分は……随分と酷《ひど》いことを、しようとしている。

斎川に聞かれないよう心の中でつぶやいて、騙すことに決めた高儀の顔を、ウインドウガラスに思い浮かべた。

□□□

「……はい、はい。じゃあ、明後日《あさって》に先日と同じ駅前で、正午ちょうどに。失礼します。……はぁ」

通話を切った遥大は、特大のため息をつきながらスマートフォンを握ったままの手をベッドに投げ出した。

遥大が明後日なら逢えると告げると、高儀は電話の向こうで嬉しそうに何度も「ありがとう」と繰り返した。

あんなに誠実そうな人を、騙している……更に少女であるように偽装して騙そうとしているのだと思えば、罪悪感で胸がチクチクする。

壁際に置いてある大きな紙袋をチラリと見遣ると、ますますなんとも形容し難い苦い気分が込み上げてきた。

「あの男、面白がるにもほどがある……。潤いを与えてやろうって、友情？　自分が楽しんでるだけだろ」

斎川は本当にファミリーレストランで証文を書き、判を押して遥大に手渡した。その後、遥大を連れていったのは、高儀と初めて引き合わされたパーティーの前に着飾らされた時と同じスタイリストのショップだった。

どうするのかと思えば、女物の服や遥大が履けるサイズの靴、アクセサリー等の女装グッズを揃えて「餞別《せんべつ》だ」と押しつけられた。

母親のものを無断拝借するにも限度があるし、自ら購入する度胸はないので助かると言えば助かるが、ニヤニヤ笑っていた斎川を思い出すと憎々しい。

「金をかけた嫌がらせだな。なにが、うまくやれよ子猫チャン……だ」

別れ際の軽い口調でのふざけた台詞といい、高儀とは対極に位置する男だと再認識した。

でも、遥大も斎川を責めることなどできない。

結託して、高儀を騙そうとしているのだから。

「斎川は、あんなふうに言ってたけど……手を出すとか、想像できないもんな」

高儀のことを、人間性を語れるほど深く知っているわけではない。でも、あの律儀な人が友人の恋人だと思っている相手に血迷うなど考えづらい。

自分が少女ではないとバレる可能性があるとすれば、自らのポカだろう。

「高儀さんもだけど……お爺さんにだけは、絶対におれが男だってバレないように気をつけなきゃ」

遥大を少女だと信じて、あんなふうに喜んでいた老紳士を、落胆させたくない。

もう一度深呼吸をして目を閉じると、胸の奥にある罪悪感に蓋をして手の届かないところへと沈めた。

《五》

月・水・金の週に三度。

正午に駅前で待ち合わせをして、高儀《たかぎ》の車で海際にある別荘へと向かい、夕方までの三時間ほどを過ごす。

最初は、男だとバレてはいけないという緊張のあまりロクにしゃべることもできず、沈黙に息苦しさを感じながら窓の外ばかり見ていた。

けれど、別荘通いが片手の指で数えられない回数になると緊張も薄れ、潮《しお》の匂《にお》いにもすっかりと慣れた。

海風がレースのカーテンを揺らすのが視界の端を過《よぎ》り、窓に顔を向ける。

「晋一郎《しんいちろう》さん、窓を閉めましょうか」

高儀の祖父が一日の大半を過ごす部屋は空調で適温に保たれているけれど、空気の入れ換えのために時おり窓を少しだけ開けてある。

湿気を帯びた海風は、身体《からだ》によくないのでは……と、遥大《はると》は彼の返事を待つことなく立ち上がった。

窓をきっちりと閉めて振り向くと、丸テーブルと対になったイスに腰《こし》かけている高儀と目が合う。

なに？　ジッと遥大を見ている。

今日の服は、たっぷりと布を使ったロングスカートに五分袖《ごぶそで》のカーディガンというシンプルなものだが、どこかおかしいだろうか。

「あの……高儀さん、なにか？　窓、閉めたらいけなかった？」

不安になって尋ねると、高儀はハッとしたような顔で緩く頭を振り、遥大から視線を逸《そ》らした。

「不躾《ぶしつけ》に見たりして、失礼。ハルカさん……いつからお爺様《じいさま》を名前で呼ぶようになったのかと、ふと疑問が湧《わ》いて」

「あ……それは」

高儀の言葉に遥大が言い返そうとするより早く、ベッドに身体を起こしている当人から答えが飛んできた。

「なんだ、ハルカさんと儂《わし》が仲よくなったことに、嫉妬《しっと》か？」

言葉は冗談のようだが、その顔は真顔だ。

なにも言えない遥大をよそに、高儀は「そうですね……」と首を捻《ひね》り、なにやら考えているようだった。

「そうかもしれません。お爺様だけ、ズルいですね」

「羨《うらや》ましいなら、おまえも、お願いしてみたらどうだ？」

二人とも、真面目《まじめ》な表情だ。遥大だけが、どこまで冗談でどこから本気なのか計りかねて、戸惑っている。

物心ついた頃には祖父母ともいなかった遥大にはわからないが、祖父と孫の会話は、どこもこんな感じなのだろうか。

窓際に立ったまま高儀と晋一郎のあいだに視線を往復させていると、顔を上げた高儀とバッチリ目が合ってしまった。

テーブルに身を乗り出して、徐《おもむろ》に口を開く。

「……そうしよう。ハルカさん、僕のことも昌史《まさふみ》と、ファーストネームで呼んでくれると嬉《うれ》しいんだが」

「え……っ、はい」

直球での『お願い』に反射的にうなずいてしまい、そんな自分自身に驚く。目上の大人に対して馴《な》れ馴《な》れしいのでは、と思い直そうとしたけれど、嬉しそうに笑っている高儀を見ると撤回することができなかった。

「ふん、断られなくてよかったな。まったく、子供みたいに張り合いおって」

「ええ。よかったです」

鼻で笑う晋一郎に、高儀はニコニコ笑って素直にうなずいている。

嚙《か》み合っているようでいながら、どこか微妙にズレている祖父と孫の会話は微笑《ほほえ》ましくて、遥大はクスリと小さく笑った。

「昌史、お茶の時間だ。夏摘《つ》みのダージリンがあるはずだから、それを淹《い》れさせろ」

「はい。ハルカさんが、お爺様に……とお土産《みやげ》にくださったチーズケーキも、お持ちしましょうか」

「ああ」

晋一郎がうなずいたのを確認して、高儀がイスから立ち上がった。別室で待機しているお手伝いの女性に、お茶の用意を頼みに行くのだろう。

彼女たちは呼べばこの部屋へ顔を出すのだが、そうして自身が出向くことで遥大と祖父が二人になる時間を作っているに違いない。

孫である高儀が同じ部屋にいれば、晋一郎は意地を張って遥大に相好を崩して話しかけることができないと、知っているのだ。

「ハルカさん。もしかして、儂が、ケーキならチーズケーキだと言ったことを憶《おぼ》えていてくれたか」

高儀がいなくなったところでベッドから話しかけられて、ゆっくりと歩を進めた。

枕元に立ち、晋一郎の言葉に答える。

「はい。ただ、スフレタイプがお好みなのか、ベイクドタイプが好きなのか……レアチーズか、そこまでお聞きしていなくて。今回は一番シンプルなスフレを選びましたが、よろしかったですか？」

「あんたが選んでくれたものなら、なんでもいいよ」

そう笑う晋一郎に、そっと笑みを返す。

高儀がいる場では、まず見せることのない満面の笑みだ。

彼の気質なのか、この年代の人ならば皆がそうなのか……喜びを露《あらわ》にした顔を孫息子に見られるのが、照れくさいらしい。

「しかしあいつは……儂が誘導してやらんと、名前で呼んでくれとも言えんのか。当世風の優男の形《なり》をしているくせに、朴念仁《ぼくねんじん》め」

「………………」

どうやら、先ほどのやり取りは晋一郎が画策したものだったらしい。

そうタネ明かしをされても、遥大にはなにも答えられなくて、唇《くちびる》に滲《にじ》ませた微笑を苦笑に変える。

「あいつは早くに両親を亡くしたせいか、必要以上に自立しようと肩肘《かたひじ》を張って……堅苦しくて堪《たま》らんわ。全然甘えようともせんし、可愛《かわい》げがない」

厳しい顔でそんなふうに高儀への文句を言っても、根底にあるものが孫への思いやりだとわかる。

きっと本当は、高儀に甘えられたいのだ。

「でも、晋一郎さんのことは本当に大切に思っていらっしゃいます」

「そうかの。儂の育てた会社をやると言っても、結構ですなんて突《つ》っぱねおってから。可愛くないから、あいつが自分で事業を立ち上げた時も祝儀の一つもやらんかったわ。資本金がギリギリだったくせに、泣きついてくりゃなんとかしてやったものを……」

ぶつぶつと不満を零《こぼ》す晋一郎に、遥大は言葉もなく……ただ苦笑を深くした。

こんなふうに言ってくれる存在のいる高儀が、少しだけ羨ましい。

「ハルカさん」

「はい？」

改まった様子で名前を呼ばれて、少しだけ背中を屈《かが》めた。遥大を見上げた晋一郎が、真顔で言葉を続ける。

「融通が利かず面倒な孫だが、あいつを頼むよ。あんたといる時の昌史は、年相応に可愛げがある顔をしておる。よほどハルカさんが大切なんだろう。昌史に自覚があるかどうかわからんが、好意が滲み出ておるわい」

「で、でも晋一郎さん、お……じゃなくて、私と高儀さんはそんな」

頼むと言われても、困る。

なにより、高儀との関係を誤解されては、遥大より高儀のほうが迷惑だろう。斎川《さいかわ》にも、誤解するなど念押ししているくらいなのだ。

首を横に振る遥大を見上げた晋一郎は、どことなく人の悪い笑みを浮かべる。

「おやおや、名前の呼び方が戻っておるぞ。昌史が拗《す》ねるから、親密な呼び方をしてやってくれんか」

「っ……晋一郎さん。なにか誤解されているようですが、昌史さんと私は、おつき合いをしているわけではありませんので」

今度は、ハッキリと関係を否定することに成功した。

必要以上に声に力が入り、ものすごく拒否反応を示したようになってしまったか？　と唇を引き結んだ。

それとほぼ同時に、コココンと扉に拳《こぶし》を打ちつける音が耳に飛び込んできて、息を呑《の》んでビクッと肩を震わせた。

「ッ！」

ものすごく驚いた！

心臓が、ドクドクと猛スピードで脈打っている。

慌てて振り向くと、開けたままだった扉の脇にトレイを手に持った高儀が立っている。

晋一郎との会話は、聞こえていただろうか。すべてではないにしても、タイミング的に最後の遥大の言葉は耳に入ったに違いない。

あんなふうに否定されて、気を悪くしてしまったのでは。

でも、高儀本人からなにも言われていないのに、高儀を拒絶する意味があったわけではないと言い訳するのもおかしい。

どんな表情をしているか……恐る恐る顔を見遣《みや》っても、端整な容貌《ようぼう》は完璧なまでのポーカーフェイスで、なにを思っているのか窺《うかが》い知ることはできなかった。

「お待たせしました。テーブルにセッティングします」

焦る遥大をよそに高儀は落ち着いた声でそれだけ口にすると、部屋に入ってきてトレイを丸テーブルに置く。

カチャカチャと食器の触れ合う音だけが、静かに室内に響いた。

セッティングを終えた高儀が、大きなポットからティーカップにお茶を注ぎ始めると、紅茶のいい香りが漂ってきた。その香りに誘われたかのように、晋一郎がもぞもぞと身体を動かす。

「……移動するか。ハルカさん、手を貸してもらえるか」

「は、はいっ」

高儀が差し出した手は無視するのに、遥大の介助は厭《いと》わないあたり……やはり、孫にはまだまだ頼りたくないというプライドがあるのだろうか。

遥大の手を握ってゆっくりとロッキングチェアに移動した晋一郎は、背もたれに身体を預けて大きく息をついた。

たった二メートルほどの移動が、息を切らせるほど負担になっているのかもしれない。不安になって顔を窺ったけれど、顔色はさほど悪くないようだ。

遥大が表情を曇らせたことに気づいているのか否か、晋一郎は白いプレートに乗っているチーズケーキを覗《のぞ》いて頬《ほお》を緩ませる。

「美味《うま》そうだな」

「小さな可愛らしいお店で、パティシエさんがお一人で作っているんです。お口に合えばいいのですが」

うなずいた晋一郎が、皿に添えられているフォークを手に持った。

緊張しつつ見守る遥大の前で、一切れ口に入れて「うん、美味い」と、満足そうにつぶやく。

ホッと肩の力を抜いたのと同じタイミングで、高儀と視線が合った。

高儀は、なにか物言いたげな目で遥大を見ている。

「昌史、ハルカさんも。立っていないで、座らんか」

「っ、はい。すみません」

晋一郎を一人で、テーブルに着かせてしまっている。そのことに気づき、急いでイスに腰を下ろした。

高儀もゆっくりと着席して、いつものように三人でテーブルを囲む。

夏摘みのダージリンは渋みが少なくまろやかで薫《かお》り高く、軽い口当たりのスフレチーズケーキによく合う。

無言でフォークを動かしていた晋一郎はあっという間にチーズケーキの皿を空にして、気に入ってくれてよかったと安堵した。

そんな遥大の心の声が聞こえたかのように、

「ハルカさん、次はレアチーズがいいかの」

表情を変えることなく控えめにリクエストをされて、クスッと小さく笑ってしまう。なんて、可愛いおねだりだろう。

遥大がうなずく前に、高儀が表情を曇らせて晋一郎を咎《とが》めた。

「お爺様。ハルカさんにもご都合がおありでしょうから、そんなふうにお願いをしては……」

「大丈夫です。わかりました。レアチーズですね」

高儀を制しておいて、晋一郎にうなずいた。

店の最寄り駅は、高儀と待ち合わせ場所になっている駅の隣なのだ。

こんなに喜んでくれるなら、チーズケーキを購入するために一駅前で降りるくらい、お安いご用だ。

目が合った晋一郎から、真顔で「指切りだ」と小指を差し出される。

「……はい」

差し出された指に軽く自分の小指を絡ませて、ゆっくりと解《ほど》いた。

こんなふうに指切りをするなど子供の頃以来で、なんとなくくすぐったい気分になる。

「すみません、ハルカさん」

「いえ、お……っ、私もご相伴《しょうばん》にあずかりますので」

嘘《うそ》ではなく、ここのチーズケーキは遥大も好物だから、口にする機会ができるのは嬉しかった。

自分のためにわざわざ買いに行くのは面倒だけれど、こうして喜んでくれる人がいるなら店を覗くのも楽しい一時になる。

「見ていないで、食さねばわからん。これを味わったら、おまえも別のものを食べてみたくなるぞ。なぁ、ハルカさん」

「……ええ、きっと」

晋一郎と目を合わせて笑い合い、一人で気を揉《も》む高儀をわざと蚊帳《かや》の外に追い出した。

高儀は、大人《おとな》げなく仲間外れにする晋一郎と遥大に仕方がなさそうな顔で嘆息する。苦笑を滲ませたまま、フォークに手を伸ばした。

「あ……確かにこれは、美味《おい》しいですね」

目をしばたたかせている高儀に、晋一郎はどことなく勝ち誇ったように「そうだろう」と胸を張る。

「どうして、お爺様がご自分の手柄のような顔をなさるのですか」

「おまえが文句を言うからだろう。ほれ、レアチーズにも興味があると、ハルカさんにお願いしろ」

「……援護射撃してほしいのでしたら、そう仰《おっしゃ》ればいいのに」

「ふん。おまえに援護射撃などしてもらわなくとも、ハルカさんは、一度『うん』と言ったことを意地悪く撤回したりせんだろ」

遥大は、仲よく会話を交わす二人を見ながら密やかな笑みを滲ませた。

最初はなんとなく他人行儀なのかと思っていたが、一緒に過ごす時間が増えるにつれそうではないのだと知った。

互いをかけがえのない存在として、大切に思い合っている。

夏の午後、クーラーの効いた部屋で窓の外から聞こえてくる波の音を聞きながら、ゆったりとお茶を楽しむ。

共にいる人もシチュエーションも異なるのに、父親が健在だった頃の自宅で過ごした時間と似通った空気が流れていて、不思議な心地だ。

でも……遥大は、昔からの友人のように自然と輪に入れてくれている二人を、少女のふりをして騙《だま》している。

ふと現実を思い出せば、息苦しいような申し訳なさが圧《お》しかかってくる。

「腹が満たされたら、眠気が湧くか」

ポツリとつぶやいた晋一郎の声が耳に入り、ハッと顔を上げた。

遥大は腰かけていたイスから立ち上がり、ロッキングチェアに座っている晋一郎に手を差し出す。

「ベッドに戻られますか？　空調で足元が冷えたらいけませんし……」

「そうだの」

意地を張ることなく、うなずいて遥大の手を握った晋一郎は、ゆっくりと立ち上がってベッドに移動する。

少しだけ頭を起こした状態で横になるのを見守り、肌掛《はだか》け布団《ぶとん》をパジャマの胸元まで引き上げた。

「まだ帰らんか？」

「ええ……もう少し、いさせてください」

晋一郎は、遥大の返事にほんの少し眉間《みけん》に皺《しわ》を寄せてうなずき、瞼《まぶた》を閉じた。

休もうとしている晋一郎の邪魔になってはいけないので、そっとベッドを離れてテーブルに戻る。

高儀は、「祖父がいろいろと、すみません」と小声で謝ってきて、謝罪される理由のわからない遥大は小首を傾《かし》げた。

「どうして……ですか？　晋一郎さんと約束したのは私がそうしたかったからですし、他に謝られるようなことがあったとは思えないのですが」

「そうですね……ああ、それより、せっかくのお茶が冷えてしまって申し訳ない。淹れ直させましょう」

「大丈夫です。いただきます」

冷えたくらいで、淹れ直してもらうなんてもったいない。そう思い、カップを手にして冷たくなった紅茶を喉《のど》に流す。

高儀の「すみません」は、本当に、最終的にお茶のことだったのだろうか？

そんな疑問は、口にすることができなかった。

謝ることがあるとすれば、遥大のほうなのだ。

ティーセットのトレイを手に戻ってきた時から、時おり物言いたげな視線は感じているけれど、目を合わせることもできない。

なにより、高儀の真っ直《ま》ぐ《す》な視線に、隠し事を見抜かれてそうで……怖い。

「ハルカさん、よければ店の場所を教えてくれないか。僕が買いに行こう」

「あ……でも、本当に迷惑だとか負担とかはないので」

「ですが、その……失礼だが、安くもないだろう。頻繁に、ハルカさんに甘えるわけにはいかない」

「…………」

咄嗟《とっさ》に、なにも言い返せなかった。これでは、高儀の言葉を肯定してしまったようなものだ。

確かに自分の小遣いから頻繁に捻出するには、少しだけ苦しくて……でも、晋一郎が喜んでくれるなら出し惜しみする気はない。

そう、うまく切り返せない自分が、なによりもどかしい。

「斎川との……いや、詮索はやめよう。忘れてくれ」

斎川の名前を出して即座に撤回した高儀は、遥大と斎川の関係がどのようなものなのか測りかねているのかもしれない。

ふざけた調子で斎川が口にした、「子猫チャン」という言い回しでは、どのようにでも想像ができる。

遥大に関して、二人のあいだで何度か話していたのは知っているけれど……斎川がどんな説明をしたのか、あるいはなにも言っていないのか遥大はわからないので、迂闊《うかつ》な発言ができない。

二人して無言になったせいで、静かな部屋にはエアコンの稼働音と窓の外から聞こえる潮《しお》騒《さい》のみが響いている。

晋一郎は、眠っているのだろう。そっと様子を窺っても、ベッドの上で身動《みじろ》ぎもせず目を閉じている。

沈黙が少しだけ苦しい。でも、何故《なぜ》か不快なものではない。

晋一郎の気配があって、すぐ傍《そば》に高儀がいて……他のところでは感じたことのない、誰と一緒にいても得られない不可解な安堵感《あんどかん》が、遥大を包んでいる。

これは、なんだろう。

最も気を許せる母親や真砂子《まさこ》といても、こんなふうに胸の奥がじんわり温かくなることはないのに。

そうして、どれくらい沈黙に身を置いていたのか……ふと、高儀が名前を呼びかけてきた。

「ハルカさん」

「……はい」

「実は、お願いしたいことがあるんだ。あなたには、お願いばかりしているので言いづらいんだが」

「いえ、お気になさらず。なんでも、言ってください」

この人は、斎川とは違って突拍子《とっぴょうし》もない無理難題などぶつけてこないはず。

根拠はなんだと聞かれると答えに詰まりそうな、自分でも不思議なくらいの信頼感を持って、うなずいたのだけれど……。

「では、ひとまず話を聞いてほしい。受けてくれるか断るかの判断は、お任せします。この週末のことなので、随分と急な話になるが……」

申し訳なさそうに、ポツポツと語り始めた高儀の言葉に耳を傾けていた遥大は、話が進むにつれて困惑の表情を浮かべた。

高儀は遥大を少女だと思っているので、悪意は少しもない。斎川のように、からかい混じりに面白がっているわけでもない。

そう頭では理解していても、やはり戸惑いが胸に渦巻く。

高儀が主催する、アンティーク輸入家具の展示即売会のアシスタントなど、知識が皆無な自分にはどう考えても荷が重い。

高儀は、『ハルカ』に接待をさせるつもりはない。ただ、展示家具の傍にいてくれるだけでいいというけれど……。

一番の戸惑いは、

「衣装に関しては、こちらで手配するので。どうしても、初めて逢《あ》った日のハルカさん以上にクラシックなドレスを着こなせそうな、イメージピッタリの女性を見つけられなくて……困らせてしまうことを承知の上での、お願いです」

これだ。

遥大にとっては、着飾るというより仮装するという表現が一番しっくりする、服装が問題なのだ。

戸惑い、黙り込む遥大になにを思ったのか、高儀は少しばかり見当はずれなフォローを入れてくる。

「もちろん、今のシンプルな装いもあなたの美しさを損ねるものではない。でも、あの夜のハルカさんは、まるで光り輝いているように麗《うら》らかで美しかった。美しい……と、それ以上の表現を思いつかない自分が、腹立たしいほど」

こんなふうに、ジッと顔を見詰めながら真顔で手放しに称賛されると、なんとも居心地が悪い。

どうしてこの人は、微塵《みじん》も照れを感じさせずにこんな台詞《せりふ》が吐けるのだろう。遥大だと、用意されている台本を読めと言われても、きっと無理だ。

「でも、その……私は、私だけの判断でお返事するわけには」

断るべきだ。

もし、遥大が高儀の申し出を受けてボロを出してしまったら、とんでもない迷惑をかけることになる。

そう頭ではわかっていても、懸命に懇願してくる高儀をどう断ればいいのか迷う。

自分は、こんなに優柔不断な人間だっただろうか。もっと、無遠慮に思うままを出していたはずで……なのに、高儀が相手だと勝手が違う。

それは、高儀が遥大の知っているどんな大人よりも誠実で真っ直ぐに接してくるせいに違いなかった。

この人を前にすると、適当な嘘で誤魔化《ごまか》そうと……ズルい立ち回りができなくなる。

斎川が語った、『あのバカ正直と接していたら、悪意を殺《そ》がれる』という言葉の意味を、身を以《もっ》て知った。

利己的な理由で大きな嘘をついている遥大は、時々息が詰まりそうなほど苦しくなる。

「ああ……そうか。斎川の許可がいるか」

遥大の言葉を、高儀はそのように受け取ったらしい。独り言の響きでつぶやき、いつになく険しい表情でティーポットを見詰める。

遥大は、斎川を引き合いに出せば角を立てることなく断れるかと……瞬時にズルい計算を働かせて、口を噤《つぐ》んだ。

「この時間なら、いいか」

そんな一言を零すと、パンツのポケットからスマートフォンを取り出した。迷う様子もなく操作をして、耳に押し当てる。

「……僕だ。今、少し時間をもらってもいいか？　ああ……うん、いや、そのハルカさんのことで、頼みがあるんだ」

「っ！」

高儀が『ハルカ』の名前を出したことで、電話の相手が誰なのか瞬時に察した遥大は、弾《はじ》かれたように顔を上げる。

遥大の視線を感じているはずの高儀は、こちらを見ることなく話し続けた。

「この週末……土、日に展示即売会を行うことは話したと思うが、そのアシスタントにハルカさんをお借りしたい。……そうだ。本人に頼んでみたが、独断で返事はできないと言われたのでおまえに……え？　そんな、あっさり……おい、斎川。いや、客がって……でも、まだっ……切られた」

高儀はポツリとつぶやいて耳から離すと、唖然《あぜん》とした様子でスマートフォンの画面に視線を落としている。

どんなやり取りだったのか、だいたい想像がつく。高儀とは違う方向で、斎川はマイペースなのだ。

短く息をついて顔を上げた高儀と、まともに目が合ってしまった。

「ハルカさん、今、斎川と話したのですが……」

「はい」

続く言葉は、どんなものなのか。コクンと喉を鳴らして、待ち構える。

いつも真っ直ぐに見詰めてくる高儀にしては珍しく、遥大から視線を逸らして、少しだけ言いづらそうに口を開いた。

「あなたをアシスタントにさせてもらえないかと尋ねたら、ろくに話を聞こうともせずあっさり『好きにしろ』と返されたんだが。……僕は信用されているのか、軽《かろ》んじられているのか、どう受け取ればいいだろう」

バカ正直に斎川とのやり取りを説明されて、テーブルに視線を落とした。

あの男のことだ。どうせ、電話の向こうでニヤニヤと不気味な笑みを浮かべていたに決まっている。

それを、高儀は生真面目に受け取って思い悩んでいるのだ。

うつむいたままの遥大が一言も答えられずにいると、高儀は小さく嘆息して静かに話しかけてきた。

「……すまない。余計なことを言ったな」

「いえ、高儀さんは悪くないので謝らないでください」

「あいつは、どうしてハルカさんをもっと大切にしないんだ。僕なら、恋人を他の男にあっさり好きにしろなんて言えない……いや、心が狭いだけかもしれないな。狭量な男だと、呆《あき》れていますか」

「いえっ、高儀さんは、お……ッ私のために斎川さんへの苦言を言ってくださっていると、わかりますから」

気を抜けば、つい「おれ」と言いそうになってしまう。

慌てて取り繕《つくろ》った遥大に、高儀は不審だと訝《いぶか》る様子もなく苦笑を浮かべて「ありがとうございます」と返してきた。

ホッとしたところで、改まった調子で「ハルカさん」と呼びかけられ、今度はなんだ？　と肩に力が入る。

「名前を……ファーストネームを呼んでくださるのでは」

「あ……はい。慣れないから、つい。ごめんなさい、……昌史さん」

小さく口にした直後、カーッと頬が熱くなるのを自覚した。きっと、高儀から見てもわかるほど顔が紅潮している。

名前を呼ぶだけで、なにがこんなに気恥ずかしいのだろう。

学校の友人とファーストネームで呼び合っていても、恥ずかしいなんて感じたことは一度もない。

チラリと高儀に目を向けて、薄っすらと恥ずかしさの原因を察した。

たぶん、高儀が……嬉しそうに笑うせいだ。大人の男の人から、こんなふうに明け透けな笑顔を向けられることなど普段はない。

「斎川の許可は、得られました。でも、あなた自身の意思を最優先したい。……どうですか。アシスタントを、お願いできないかな？」

笑みを消して、真摯《しんし》な表情で尋ねられ……遥大には、どうしても首を横に振ることができなかった。

そんなことをすれば、自分の首を絞めるだけだとわかっていたのに。高儀を落胆させたくなかったのだ。

うなずきを返した遥大に、高儀はパッと目を輝かせる。

「ありがとうございます。では、もっと詳しく説明をしても？」

本当に嬉しそうな顔をしているから、やはり引き受けてよかったのだと自分に言い聞かせた。

いつもは落ち着いた大人なのに、たまに高儀の笑顔が子供のように見えるのは、裏や計算が一切ないせいだろう。

笑いかけられると、ホッと肩の力が抜ける。

「……はい。私からも、お願いがあります。パンフレットがあれば、見せてください。あと、当日会場に展示される予定のものの一覧と……解説のようなものがあれば、それも。差し障《さわ》りがない範囲で、予習をさせてください。お客様になにか聞かれた時にお答えできないのは、恥ずかしいです。昌史さんの……主催側の人間として場に立つのなら、あなたの顔に泥を塗るようなことはしたくありません」

自分になにができるのか、どこまでできるのかわからない。差し出がましい申し出だろうとも思う。

でも、展示品の一つとしてマネキンのようにその場にいるだけで……ただのお飾りとなるのは、嫌だったのだ。

これは、高儀のためというよりも遥大の意地だ。それなのに高儀は、申し訳なさそうな顔で遥大を気遣う。

「ええ……それは、僕としてはありがたいです。ただ、今日が水曜なので……三日、実質的には二日ほどしかありませんが」

「それでも、可能な限り知識を詰め込みます。付《つ》け焼刃《やきば》であっても、なにもしないよりマシなはずですから」

「……ありがとう」

眩《まぶ》しいものを見るかのように、目を細めている高儀に、引き受けたからにはきちんとやりたいのだと表情を引き締めた。

「では、この後……帰りに、僕のオフィスに寄り道をするので、遠回りになるがつき合ってくれますか。パンフレットや資料を渡しておきたい。あとは……金曜日に、スタッフを集めて会場設営を兼ねた最終ミーティングがあるので、都合が悪くないようならハルカさんにも立ち会ってほしい」

「それは、……はい」

スタッフとは、どれくらいの人数だろう。多くの人と接して、男であることを隠し続けられるか？

なにより、ドレス姿で人前に立つと考えただけで、胃がズッシリと重く感じる。

高儀は自分のためにと思ってくれているようだけれど、根本にあるのは少女のふりをして高儀を騙すという自分勝手な目的なのだ。

ギュッとテーブルの上に置いた手を握ったのと同時に、眠っていたはずの晋一郎の声が聞こえてきた。

「金曜は、ここに来る日だろう」

驚いた遥大は、ベッドを振り返る。

いつ目を覚ましたのか、晋一郎が鋭い目で高儀を見ていた。

「……お爺様、眠っていらしたのでは。ご心配なさらなくても、ミーティングは夕刻です。少し早めに、お暇《いとま》するかもしれませんが」

高儀の答えに、晋一郎は「ふん」と鼻を鳴らした。

壁際に顔を向けて、きっと、わざと不機嫌そうな声で口にする。

「心配などしとらん。おまえに逢いたいわけではないから、どうでもいい。せいぜい、みっともないものにならんように事前の根回しに励めばいい。……ハルカさんに、無理はさせるなよ」

「それはもちろんです。ハルカさん、本当に、負担にならない程度に頼みます」

そうして気遣われると、更に罪悪感が増す。

遥大は高儀と目を合わせられずに、コクンとうなずいた。

せめて、高儀の足を引っ張らないように……できる限りのことをしようと、心に決めて。

《六》

「うぅ……ルネッサンスって、中世ヨーロッパって……奥が深い。もっと真面目に、世界史の授業を受けておくんだった」

ソファに腰かけている遥大は、目の前の机に広げた写真集やパンフレットを前にして小さく唸《うな》った。

でも、付け焼刃であっても、可能な限り詰め込むと高儀に向かって豪語したからには、いい加減なことはできない。

「ハルカさん、コーヒーを……」

扉を開け放したままの戸口から聞こえてきた高儀の声に、パッと顔を上げる。

高儀の背後からは、荷物を動かす音や大勢の人の話す声が聞こえてきた。

「あ、ありがとうございます」

明日から開催されるヨーロピアンアンティーク家具の展示即売会の会場設営は、最終段階に入っている。

遥大はその会場の控室で、資料一式を借りて自習をしているのだ。

近くに誰もいない個室、自分一人の空間ということで、うっかり気を抜きかけていた。慌てて少し開いていた膝《ひざ》を閉じ、変なところはないかと視線を泳がせる。

たぶん、大丈夫。足首まであるロングスカートも乱れていないし、ノースリーブのリボンタイつきのシャツ……体型を隠すためのカーディガンもＯＫ、と。

「こんなところで一人にして、申し訳ない」

テーブルの隅にコーヒーカップを置いた高儀に、申し訳なさそうな顔で謝られて首を横に振った。

「いえ、お……私から予習させてくださいとお願いしたので、お気になさらず。設営作業、大変そうですし」

遥大の言葉に、高儀は腕を組んで背後に身体を捻った。ドアの向こうからは、ひっきりなしに釘《くぎ》を打つ音や人の声が聞こえてくる。

「設営を終えるのは、深夜になってしまいそうだなぁ。帰られる時は声をかけてほしい。送るので」

主催者である高儀自身も設営に奔走しているらしく、いつもキッチリとしている彼にしては珍しく白いシャツの袖を肘あたりまで捲《まく》り上げているし、ネクタイもない。普段は整えている髪も少し乱れていて、それだけ大変なのだろうと察せられた。

「いいえっ、電車で大丈夫ですから」

高儀を見上げた遥大は、慌てて顔の前で両手を振った。

どう見ても忙しそうな上に、責任者である高儀を、自分を送り届けるためという理由で抜けさせるわけにはいかない。

「本当に、私のことはお気になさらず」

重ねて構わなくていいと告げたのに、高儀は瞳に気遣わしげな色を浮かべて遥大を見下ろしてくる。

「二十時になれば、休憩を兼ねてスタッフ皆で食事に出ることになっているので、よければハルカさんもご一緒に」

「いえっ。でしたら、皆さんがここを出られる時に私も帰宅します。持ち出しても差し障りのないものだけ、お借りしてもいいですか？」

気を遣ってくれる高儀には申し訳ないが、できる限り他のスタッフたちと長い時間接することは避けたい。

高儀のように、遥大の正体に疑いのカケラも持たない人ばかりではないはずだ。

簡単な顔合わせや挨拶程度では誤魔化しが利いても、共に食事をしたりすればいろいろ話しかけられる可能性もある。

知人のお嬢さんです、と遥大を紹介した高儀に、スタッフたちは「よろしく」とか「すっごい美少女ですね」と笑って受け入れてくれたけれど、実際は、かなり胡散臭《うさんくさ》いと思われているのでは……と不安で仕方がないのだ。

「それは、もちろん構わないが……あなたの負担になっているのでは？」

「いいえ。勉強には、なっていますが。自分の知識の浅さを思い知らされて、恥ずかしいだけです」

ふ……っと、憂鬱《ゆううつ》な息をつく。

美術品の域に達するアンティークな展示品のカタログには、時代背景や歴史文化についての説明も併記されていて、それらに対する勉強不足を痛感させられた。

「もともと興味を持っている収集家の方はともかく、一般的な人はさほど造詣が深くなくて当然なので、ハルカさんが無知なわけではない。むしろ僕は、一生懸命に勉強してくださる姿に感激しますね」

優しい顔で笑いかけられ、「そうでしょうか」と、つぶやいた。

そんなふうに、手放しに称賛してもらえるほどのことではない。我儘《わがまま》を言うなら、もう少し準備期間があればありがたかったかな……とは思うが、きっと高儀は遥大に言い出しあぐねていたのだ。

それに考える時間がたっぷりあれば、やっぱりダメだと逃げ出したくなっていた可能性もある。

「高儀オーナー！　このカウチの設置なんですが、ここでいいか……確認していただけますか？」

戸口のところから遠慮がちに顔を出した男性にそう声をかけられて、笑みを消した高儀が振り返った。

「あ、はい。すぐに行きます！」

「お引き止めして、ごめんなさい。本当に私のことはお気遣いなく、あちらでお仕事をなさってください」

ここで、自分が高儀を捕まえていてはいけない。

そう思い、机に広げていたパンフレットを急いで手に取る。

「……わかりました。では、なにかあれば遠慮なく声をかけて。必ずですよ」

真剣な顔で念を押してきた高儀に、かすかな苦笑を浮かべてうなずいて、忙しそうに早足で戻っていく背中を見送った。

□　□　□

繊細なレースがたっぷりと飾りつけられた深紅のドレスは、生地がビロードということもあってずっしりと重い。

あのパーティーの夜、斎川に着せられたものより遥かに豪奢《ごうしゃ》なデザインで、きっととんでもなく高価なものだろうと想像がつく。

「まぁ……ドレスだけじゃないしなぁ。アンティーク家具って、贅沢品《ぜいたくひん》だ。警備員がいるのもわかるか」

レンタルスペースだというショールームには、ベッドなどの大型家具からドレッサーなどの調度品、アクセサリーなどの小物まで、中世ヨーロッパの貴族が使用していたというものが揃《そろ》えられている。

遥大がこんな衣装で立っていても、変に浮くこともないだろう非日常の空間だ。

「えーと、ここのホックを外して……背中側の紐《ひも》は解いたり結んだりが大変だから、結んだまま被《かぶ》っちゃえばいいって言ってたな」

金曜日に衣装合わせをして、簡単なサイズ直しはしてある。一日中このドレスで動き回るわけではないし、主役は家具で遥大はあくまでもオマケなので、少しばかり不格好でも問題ないはずだ。

「下着は……コレかぁ。うーん……見えないお洒落《しゃれ》ってやつ？」

ドレスの下に着るのだから、もっと質素な物でもよさそうなのに……ロング丈《たけ》の下着は、ひらひらしたレースたっぷりのシルクだ。

幸いなのは、ウエストを締めつけるコルセット型の下着を回避できたことか。ドレスのサイズが、ゆったりとしたものでよかった。

全身が映る大きな鏡と、ドレッサーが用意されている控室でなんとかドレスを着た遥大は、これで大丈夫なのか鏡で確認した。

「うう……ドレスやスカートを着るのにあんまり抵抗なくなっちゃったな……。カツラが、ずれないように……カチューシャっていうか、ティアラってやつだな。このピンで留めるのか？　あれ？」

慣れないヘアアクセサリーと格闘していると、控え目にドアをノックされる。この、ココンとリズミカルなノックの主は、きっと高儀だ。

「はいっ」

「ハルカさん、ドレスは着られましたか？　大変そうなら、女性スタッフにサポートをさせますが」

「いいえっ、大丈夫です。えっと、ただ……ネックレスとか、髪飾りのつけ方がよくわからなくて……」

「ああ……扉を開けても？」

「はい」

遥大が返事をしてから、数秒の間を置いて扉が開かれた。遥人の前にある鏡に、高儀の姿が映し出される。

ゲストを迎えるためか、高儀は正装に身を包んでいた。長身で手足の長い、バランスの取れたスタイルと姿勢のよさを、日本人に着こなすのは難しいだろうタキシードが見事に引き立たせている。

なに……？　戸口で立ち止まり、ジッと鏡に映る遥大を見詰めている？

それも、まるで……現実にありえない、不思議なものを見るかのような眼差《まなざ》しだ。

「あの、昌史さん」

奇妙な沈黙に耐えられなくなった遥大がゆっくり振り向くと、ハッとした顔で緩く頭を振った。

大股《おおまた》で歩を進めてきて、ドレッサーの前にあるイスに腰かけている遥大の背後に立つ。

「ネックレスは、失礼だが僕に着けさせていただいてもいいですか？」

「お願いします」

遥大がうなずくと、高儀はドレッサーの隅にあるビロードのケースからネックレスを手に取る。

鏡越しに高儀と目が合い、この体勢ではやりづらいかと気がついた。

ゆっくりとうつむいて、長い髪を胸元に流してうなじを差し出す。

キラキラと光を反射する透明の宝石がたくさんついている豪華なネックレスは、イミテーション……だと思っておこう。

下手《へた》に尋ねて、万が一本物の宝石だと答えられたら恐ろしい。

そんなことを考えていた遥人は、首筋を撫《な》でる冷たい金属の感触にピクッと肩を震わせた。

首の後ろで、留め具を嵌《は》めてくれている高儀の指が、ほんの少し肌に触れる。

「あ……」

冷たい鎖とは対照的な指のぬくもりに、今度はあからさまに身体を震わせてしまった。

パッと高儀の手が離れていき、ネックレスが胸元でシャラリと揺れる。

「し、失礼。触れないよう、気をつけていたのだが」

「いえ、大丈夫っ！　お、っ……私こそすみません」

心臓が、変にドキドキしている。

焦るあまり、答える声が上擦《うわず》ってしまった。

取り繕う余裕がなくて妙な言い回しだったはずだけれど、高儀も珍しいことに落ち着きなく視線を泳がせているので、遥大の態度に不自然さを感じなかったようだ。

「あ、あとは、ヘアアクセサリーとメイク……ですね。普段のナチュラルメイクでもハルカさんは十分に綺麗《きれい》だが、今日は少しだけ強めのメイクをお願いしてもいいかな。スタイリストを呼んでいます。そろそろ到着するはずだ」

「……はい」

厚塗りをしなくてはいけないのか。確かに、このドレスにほぼ素顔というのは、かえって不自然に違いない。

躊躇《ためら》いを残しつつうなずくと、戸口から女性の声が聞こえてくる。

「高儀さん、モデルさんはこちらだと伺《うかが》いましたが……よろしいですか？」

「いいタイミングだ。はい、彼女です。お願いします」

高儀が応えると、大きなケースを手に持った女性が入ってきた。遥人は、さり気なく振り向いて……目を瞠《みは》る。

声になんとなく憶えがあると思ったら、あの人だ。斎川に連れられていったショップの、スタイリストだという人。

あちらも遥大を憶えていたのか、「あらぁ？」と目をしばたたかせた。

「あの？　なにか？」

高儀が訝しげな声を零すと、彼女は遥大に目配せをしておいて首を横に振る。

「いいえ、あんまりにも美少女だから驚いて。あとは、お任せください。アンティーク家具に華を添える、極上の美人に仕上げます」

「よろしくお願いします。では、僕は一旦失礼します。ハルカさん、準備が整いましたら声をかけてください」

一礼を残して高儀が部屋を出ていき……扉の閉まる音を確認してから、彼女が話しかけてきた。

「吉村《よしむら》です。……って、自己紹介しなくても、知ってるかな。私、斎川さんと高儀さん、共通の知り合いなんだ」

「そ、そう……です、か」

予想外な人物の登場に、頭が真っ白になっている遥大はしどろもどろに答えた。

どうしよう。この人は、遥大が『美少女』ではないと、知っている。

斎川に「美少女に仕上げろ」と言われ、素の……男子高校生だった遥大を、女装させたのだから。その後も、この人のショップで女性ものの服や靴など一式を揃えた。

高儀は、そのことを知らなかったに違いない。

この人が高儀に話してしまったら、遥大が本当は男だと……知られてしまう。今、ここでそうなれば、最悪だ。

遥大の頭に渦巻いている懸念は、高儀に知られたら斎川との賭《か》けに負ける……という危機感ではなかった。

それより大事なことがある。

「あのっ、お願いです。高儀さんに、おれが本当は男だって……言わないでください。あの人は、おれを女の子だって信じてるんだ。今、おれが男だって知ったら……せっかくの展示即売会が台無しになってしまう。騙し続けるのは申し訳ないけど、高儀さんの仕事を妨害したいわけじゃないんだ。話すなら、明日……終わってからにしてくださいっ。どうか、お願いします」

早口で一気にそう言った遥大は、吉村と名乗った女性に向かって深く頭を下げる。

今、このタイミングで、高儀に自分が男だと知られてはいけない。

強く両手を握り締めて、心の中で、何度も「お願い。お願いだから」と繰り返しながら、彼女の答えを待った。

十秒。……二十秒。どうして……なにも言ってくれない？

沈黙が怖くなり、恐る恐る伏せていた顔を上げて吉村を窺うと……吉村は、苦笑を浮かべて遥大を見ていた。

「心配しなくても、余計なことは言わない。斎川さんに連れられてきた時も悲愴感を滲ませてたし、なんか事情があるんでしょ？」

「は……い」

予想外の反応だ。

戸惑う遥大の脇に、近くにあるイスを引き寄せて腰を下ろし、グイッと両手で頭を引き寄せられた。

「うん、キレーな肌。下地でハイライトを入れて……ファンデはリキッドを薄くでいいかな。コンシーラーは必要ナシ。時間がないから、パパッとやっちゃうよ。イメージは、ジュリエットって言ってたか」

「………」

顔をマジマジと見ていた彼女にニッコリと笑いかけられて、遥大は戸惑いを拭いきれないままうなずいた。

手早く頰や鼻にクリームを塗られ、ギュッと目を閉じる。

筆でなにかを塗りつけられたり、粉を叩《はた》かれたり……しゃべることもできず、ただひたすら吉村の手に顔を預ける。

「よし、とびきりの美少女の出来上がり。あの日より完成度が高いわぁ。……一つだけ、確認。犯罪絡みじゃないんだよね？　斎川さんや高儀さんに、強要されてるとか」

「違いますっ」

髪を整えながら尋ねられて、閉じていた瞼をパッと開いた。

斎川には交換条件を出されたけれど、強要されたわけではない。高儀に至っては、遥大のほうが騙しているのだ。

至近距離で遥大と視線を絡ませた吉村は、そこに嘘がないのを確かめるように無言で目を覗き込んできて……うん、とうなずく。

「まぁ、なにか事情があるってことで了解。私の役目は、あなたが男の子だって吹聴《ふいちょう》することじゃないから。はい、立って」

グッと手を引いて、ドレッサーの前で立ち上がらされる。

ドレスの裾《すそ》を引っ張ったり、ウエストの後ろのところをピンで留められたり……微調整をして、数歩離れたところから満足そうに遥大を眺《なが》めた。

「完璧。じゃ、高儀さんを呼んでいい？　えーと……ハルカちゃん、でよかった？」

「……はい。ありがとう、ございます」

いろんな思いを込めてもう一度「ありがとう」と口にした遥大の背中を、吉村がパンと強く叩《たた》く。

「笑いなさいよ、美少女！」

遥大は、ぎこちなく笑みを浮かべてうなずくと、大きく肩を上下させた。

……ダメだ。気を抜いてはいけない。自分の役目は、これからなのだから。

キュッと唇を引き結んだ遥大は、ドレスの裾に躓《つまず》かないよう気をつけながら、足を踏み出した。

「では、後ほどご自宅にお届けします」

「ああ。うちの細君が気に入っていたから、できるだけ早く頼む」

「もちろんです」

値段を確認することもなく、数百万円の家具の商談が結ばれる。

自分の目の前、高儀と五十歳前後の男性とのあいだで交わされている会話に、遥大は視線を泳がせてしまった。

遥大の自宅にも、祖母の趣味で集められたという古い……いや、アンティークの調度品がいろいろあるけれど、アレも似たような値段なのだろうか。

……子供の頃、チェストにクレヨンで落書きしたことを忘れたい。のん気な母親は「まぁ」と笑っていたけれど、真砂子の顔からは血の気が引いていた。

「ああ、君」

優美な脚線のイスを見ながらぼんやりとしていた遥人は、背後から肩に手を置かれてビクッと身体を震わせた。

慌てて表情を引き締めながら、振り返る。

「はいっ」

遥大のすぐ傍に立っていたのは、失礼ながら場にそぐわない服装の若い男だった。高儀とさほど変わらない年齢だと思うが、纏《まと》う空気がまるで違う。

夏場とはいえ、きちんとしたスーツを纏っている大多数の客たちとは違い、ラフなポロシャツ姿だ。

さり気なく見遣った首から下げているカードは……プレス関係者を表している。

「ちょっとさ、そこのカウチに座ってくれる？　で、簡単なポーズを取ってくれたらいいから」

右手に持っている小型のデジタルカメラを遥大に示して、近くにあるカウチを指差す。

「え……あの……」

こうして会場に立つようになって二時間近く経つけれど、モデルの真似事《まねごと》を要求されたのは初めてで戸惑う。

どうしよう。断ると角が立つだろうか。

遥大の役目は、簡単な案内と調度品に合わせた立ち居振る舞いで場の空気を盛り上げることだとわかっているけれど、プレス関係者から写真を撮られるなどとは聞いていない。

独断では、受けることも断ることもできない。高儀はどこに……と、姿を捜して視線をさ迷わせる。

「二、三枚でいいからさ。アンティーク家具ととびきりの美少女、画になるなぁ。どっかのモデル事務所から派遣されてるの？　宣材とか、持ってきてないよなぁ。連絡先、教えてよ。今度、うちのグラビアに出ない？」

「いえ、あの……」

遥大は戸惑いを顔に出しているはずだが、男は遠慮なく話し続ける。真意の窺えない笑いを浮かべながら、逃げ腰の遥大の腕を摑《つか》んできた。

「ゃ、やめてください」

ドレスの布越しに食い込む指の感触に、ゾクッと背筋を嫌悪感が這《は》い上がる。咄嗟に振り解こうとしても、強く摑まれた手は離れていかなかった。

「逃げないでよ。うわー、近くで見ても抜群の美少女だな。衣装といい、ジュリエットを具現化したって感じだ。うまく見つけてきたな。こんなアンティークドレスを着こなせる美少女は、貴重だろ」

男は、一方的に捲し立ててくる。変に騒いで悪目立ちすることなく、可能な限り離れようと、じりじり身体を引いた。

大声を出せない遥大が露骨に拒絶しないのをいいことに、男はますます無遠慮な行動に出た。

「ドレスとか、ちょっと乱れてもヤラシそうだなぁ。これは、正統派の美少女だからこその色気だ。膝上まででいいから、ちょっと脚を見せて」

「ゃ……っ」

そう言いながら、片手は逃げられないよう遥大の腕を摑んだまま、もう片方の手でスカートを摑まれて、さすがに無抵抗でいられなくなった。

裾を捲り上げられそうになったところで大きく身を引くと、トンと背中がなにかにぶつかる。

「失礼ですが、移動をお願いできますか」

「あ……」

頭の上から降ってきたのは、普段よりずっと硬い響きのものだけれど、高儀の声だとわかった。

そのことを認識した途端、ドッと安堵が込み上げてきて、全身から力が抜けそうになる。

「なんだよ、別に」

ヘラヘラ笑いながら男が口を開いたけれど、遥大の後ろから聞こえる高儀の声は更に硬質な響きになる。

「ご自身の足で動かれるのと、警備員に連行されるのと……どちらを選ばれますか?」

低く感情を抑えた声でそう言いながら、高儀がさり気なく遥大を引き寄せた。

男は、遥大の腕とスカートを摑んでいた手を離して胸元に挙げ、降参を示した。

「……わかった。移動しよう」

控室に移動してすぐ、高儀は「失礼」と言い置いて男の胸元にあるカードケースを手に取った。

「どちらのプレスですか？　……洸堂社《こうどうしゃ》？　私は、そちらに招待状をお送りした憶えはありませんが、どなたから譲り受けましたか？」

高儀は、全身に威圧感をたっぷり纏って男と対峙《たいじ》している。

遥大が知っている高儀とは、別人のように険しい表情をしていた。

「怖い顔をしないでほしいなぁ。ちょーっと写真を頼んだだけだろ。招待状の入手経路は、企業秘密だ」

「そうですか。では、そちらに関しては私のほうで調べさせていただきます。会場内での撮影は禁止と、事前に受付でお願いしていたはずです。それから、彼女への失礼な振る舞いについて、まだ謝罪をいただいていないかと思いますが？」

淡々とした、抑揚のあまりない冷たい声で謝罪を要求する高儀に、男は鼻白んだように顔を歪《ゆが》ませた。

チラリと遥大に視線を移してきたけれど、高儀が自身の身体を割り込ませて、即座にその視線を遮る。

護《まも》ろうとしてくれている大きな背中に、縋《すが》りつきたいような……頼りない気分が込み上げてきて、そんな自分に驚いた。

高儀よりずっと頼りないが、遥大も男だ。これまでは、誰かに庇護《ひご》されたいなどと考えたともなかった。

戸惑う遥大をよそに、二人は言葉の応酬を続ける。

「あー、悪かったよ。これでいいだろ」

「それを謝罪とは認められません。だいたい、なにが目的でいらしたんですか。あなたのお仕事の役に立つようなものは、あるように思えませんが」

「ッチ……さり気なく失礼だな。まぁ、当たってるけど。正体不明の美少女がいるって聞いたから、ちょっと覗いてみただけだ。あんたさぁ、ホントにうちのグラビアに出ないか。事務所に話を通しておくから、連絡先だけ教えろよ。脱いでなんぼだけど、あんたならとりあえず着衣でもいいや」

大きく足を踏み出した男が、高儀の脇から顔を覗かせる。手が伸びてきて、ビクッと肩を強張らせた。

「彼女に触れるなっ！　いい加減にしろ！」

手を摑まれる直前、これまでになく鋭い高儀の声が鼓膜《こまく》を震わせた。恐る恐る横顔を見上げると、男の手首を摑んだ高儀は厳しい表情で睨《にら》みつけている。

「イテテ、優男のクセに怪力だなっ。わかったって。わかりましたぁ。退散するから、離せ……っっ！」

顔を歪ませて高儀の手を振り払った男は、遥大をチラリと見遣るとチッと舌打ちを残して踵《きびす》を返し、荒い足音と共に出ていった。

その姿が完全に見えなくなり、ようやく全身に纏わせていた緊張を解く。

直後。

「どうして、やめろと声を上げない！　周りに助けを求めろ！」

グッと両腕を摑まれて、厳しい声が頭上から降ってきた。ビクッと肩を強張らせた遥大は、驚いて目の前にいる高儀を見上げる。

高儀は、激情を隠せない……険しい顔で遥大を見据えていた。

温和で、ゆったりとした空気を纏っている高儀に、こんな面があることを初めて知って言葉を失う。

「あ……の」

「っ……大きな声を出して、失礼。でも、君が抵抗していないように見えて……っ、こんなふうに責めるつもりなどなかったんだが」

高儀のものにしては、いつになく声や言葉遣いまで荒くて、遥大はしどろもどろに口を開いた。

「だ、って……騒ぎ立てれば、昌史さんに迷惑が……」

「君をあんな男に触れさせることと比べれば、迷惑でもなんでもない。お願いだから、僕に気を遣って我慢など……やめてくれ」

大きく息をついた高儀は、全身に漂わせていた険しい空気をいつもと同じやわらかなものに変える。

強く摑まれていた腕が解放されたと同時にふらりと身体が揺れてしまい、高儀の手がそっと肩に置かれて支えられた。

かすかにその肩を震わせたことは、高儀の手に伝わってしまったのだろう。

「……申し訳ない」

慌てたように、肩に置かれていた手がパッと離されて、首を横に振る。

違う。高儀の手に触れられたせいではない。

あの男に腕を摑まれた時は、ゾワッと背中を悪寒が走った。でも、高儀の手に感じるのは深い安堵だ。

さっきの、強く腕を摑まれた時でさえ……怖いとか、嫌だとか、マイナスの感情は微塵も湧かなかった。ただ、驚きだけだった。

「だ、大丈夫です。きちんと対処できなくて、恥ずかしいです。結局、ご迷惑をかけてしまったみたいで……すみません」

高儀を嫌がったわけではないと伝えたくて、顔を上げて目を合わせながら口にする。

自分の胸の中に渦巻く感覚に戸惑いながらポツポツと口にした遥大に、高儀はほんの少し眉《まゆ》を顰《ひそ》めた。

「あなたが謝ることは、一つもない。こちらの不手際で、不適切な人物に受付のチェックを抜けさせてしまったようだ。あれは……スタッフの誰かが情報を流した上に、手引きをしているな」

激高していたようでいて、冷静に分析をしている。

冷静で、落ち着いた大人で……でも、ゲストがいながらあんなふうに怒りを表して、遥大を庇《かば》おうとしてくれた。

これまで知らなかった高儀の姿をいくつも目《ま》の当たりにしたことで、胸の奥が変に騒いでいる。

わけのわからないことを言いながら絡んできた男と、目の前にいる高儀と……自分が、どちらに対して動揺しているのかわからなくなってきた。

「ハルカさんは、今日はもうこちらで休んでいてください。明日も、無理せず休んでほしい
……すみません」

「いえっ、少しだけ休憩させていただいたら、また会場に出させてください。もちろん、明日も。こんなことで、中途半端に引きたくないです。ご迷惑でなければ、ですけど」

「ですが」

「せっかくいろいろと勉強したのに、一つも役立てることができないのは、もったいないでしょう？」

冗談めかして口にした遥大は、なんとか笑ったつもりだけれど、引き攣《つ》った……ぎこちないものだったかもしれない。

高儀は物言いたげな表情で口を開きかけ、ジッと見上げる遥大と目を合わせて小さく息をついた。

「――わかりました。では、少し休憩をして……お願いします。僕も、少し頭を冷やして戻ったほうがいいな。あとで、なにか温かい飲み物をお持ちします」

「はい。……よかった」

高儀の返事にホッとして、今度は自然な笑みが零れた。

遥大を頑固だとか意地っ張りと言った高儀は複雑そうな顔をしていたけれど、ふと真剣な表情になる。

「もう、絶対にハルカさんから目を離さないので」

「……は……い」

真摯な言葉と真っ直ぐな視線が、遥大の心臓を大きく震わせる。

ドギマギと目を逸らしてうつむくと、不可解な動悸《どうき》を感じながら視界に映る深紅のドレスを見詰めた。

□□□

高儀は、普段から口数が多いほうではない。無口で無愛想というわけでなく、必要なこと以外はしゃべらないだけだ。

けれど今は、いつになく重い空気が車内に充満しているように感じて、遥大は無意識に身体を硬くしてしまう。

車窓を流れる夜の街を見ていると、運転席の高儀がしばらくぶりに話しかけてきた。

「本当に、いつもの駅まででいいんですか？　今日は少し遅いことだし、自宅まで送らせてもらいたいんだが」

「いえ、駅で。送ってくださらなくても、よかったくらいなのに……。撤収作業を抜けさせて、すみません」

遥大が多少の騒ぎを生じさせてしまったけれど、それ以外は恙《つつが》なく二日間の日程を終えた展示即売会は、今は撤収作業の真っただ中だ。

遥大は打ち上げに誘ってもらったのを辞退して、一足先に会場を出たのだが……追ってきた高儀に、車で送らせてほしいと懇願されて甘えてしまった。

片づけだけだからと笑ったけれど、責任感の強い高儀は自分が抜けてしまうのは気がかりだろうと、申し訳ない。

「どうしても、僕に自宅を……いや、やめよう」

途中で言いかけた言葉を切った高儀が、呑み込んだ続きは容易に想像がついた。

遥大が高儀に自宅を知られたくない、つまり気を許していないのだと、そう受け取ったに違いない。

そういうわけではない。違うのに、違うと……言えない。

遥大が唇を噛むと、高儀は声の調子を少しだけ明るいものにして話題を変換した。

「……スタッフたちが、ハルカさんが打ち上げに参加されないと知って残念がっていました。後日、改めてお礼をしたいので……個人的に食事にお誘いしてもいいかな?」

静かに、遠慮がちに誘われてしまい、「いえっ」と頭を左右に振る。

自分はまた、高儀の申し出を突っぱねようとしている。どう断れば、失礼にならないか……考えを巡らせて、言葉を返した。

「それは……どうか、お気遣いなく。結局、ほとんど役に立ちませんでしたし、かえってご迷惑をかけてしまっただけのような気もしますし」

遥大には真偽はわからないままだが、プレスを自称していた男は本物だったのだろうか。

あの男に絡まれた際、自分だけで対処できず高儀の手を無駄に煩わせてしまった。

少しでも役に立ちたいと思い上がり、詰め込んだ付け焼刃の知識も大して生かせなかったし……恥ずかしいばかりだ。

「迷惑など、一つもありませんでした。華やぎを添えていただき、あの美しい少女は誰だと、随分と尋ねられただけで。もちろん、あなたの名前を漏《も》らしたりはしなかったが」

ハンドルを握った高儀は、フロントガラスの向こうを見据えたままそう口にする。

今度も、遥大はなにも言えない。

ただ、高儀の迷惑にならなかったのなら幸いだと、少しだけ肩の力を抜いた。

都心の道路は、日曜日の夜にしては混み合っている。

早く駅に着いてほしいのに、車の流れはのろのろとしていて何度も信号に引っかかり、なかなか進まない。

目の前で信号が赤になり、交差点の先頭で停車した。

「……ハルカさん。こんなふうに、告げるつもりはなかったんだが……」

「はい」

改まった声と調子で、なにを言われるのか。

居住まいを正した遥大は、運転席側に顔を向けて続きを待った。

正面を睨むように見ていた高儀がふっと小さく息をつき、ゆっくり遥大と視線を絡ませてくる。

「確信した。あなたが好きだ」

「……え？」

予想もしていなかったそんな言葉に、別の単語を変に聞き誤ってしまったのではないかと目を瞠る。

今、高儀はなんと言った？

「聞こえなかったふりは、させません。あなたが好きなんだ、ハルカさん。斎川という存在があるのは、承知の上です。でも、もう黙っていられなくなった」

真っ直ぐ、しっかり遥大と目を合わせて真摯に想いを告げてくる。

心臓が……強く握り締められているみたいだった。

苦しい、と息を吐いた直後、今度は金縛りから解放されたかのように猛スピードで脈打ち始める。

「な……にを、そんな、まさか。……お、れっ……私なんかの、どこが」

高儀は、この手の冗談を口にしない。

それくらいは、今の遥大ならわかっている。だから、軽く流してしまうことができなくて、しどろもどろに言い返した。

「気難しい老人の相手を少しも嫌がらず、控え目で、でも芯《しん》が強く……それがたとえ僕のためでなく、斎川の顔を立てようとしてのことであっても、懸命に努力してくれる。他にもいろいろありますが、恋の理由を説明するのは難しいな」

難しいと言いつつ、悩み悩み生真面目に答えてくれるあたり……やはり高儀は誠実だ。

そんな人を、自分は……少女のふりをして、騙している。

語ってくれた好意の根拠など、遥大にしてみればそんなにも想ってもらえるには値しない些細《ささい》なことばかりなのに。

苦しい。苦しくて……高儀と目を合わせていることができない。

逃げかけたところで、信号が青に変わったのが視界の端に映った。高儀も気づいたらしく、正面に向き直ってゆっくりと車を発進させる。

……よかった。あのまま高儀と視線を絡ませ続けていたら、「ごめんなさい」と縋りついてしまいそうだった。

労せず真っ直ぐな視線から逃れることのできた遥大は、激しく脈打つ心臓の鼓動を感じながら膝に目を落として、密やかなため息をつく。

再び車を走らせながら、高儀が口を開いた。

「斎川は、愛があるから束縛はしないと豪語する。でも、あなたに対するものを愛情だとは……失礼ながら僕には思えない」

それは、遥大に話しかけているというより、独り言のようだった。

だから、沈黙を返しても支障はないはずだ。

「…………」

実際の遥大と斎川は、高儀が『誤解させられている』ような関係ではないのだから、なにも答えられなかった。

でも、もし自分に対するのと同じように女性たちにも接しているのなら、それを学生時代からのつき合いだという高儀が見てきたのなら……遥大も同意だ。

だからといって、ここで遥大がうなずけるわけもないけれど。

「あなたになにか、事情があるのはわかっている。でももし、ハルカさんが斎川に大事にされていないと思うところがあって……万が一の可能性があるなら、今すぐでなくてもいい。いつか、僕のことを考えてもらえないか」

「それ……は」

無理だ。遥大は、高儀が思うような可憐《かれん》な少女ではない。

こんなに誠実で、生真面目で純粋な人を……騙しているのだと、自分の罪の重さに握り締めた手が震える。

ようやくいつもの駅が見えてきて、心の底からホッとした。

高儀は乗降用のスペースに車を滑り込ませてサイドブレーキを引くと、遥大に顔を向けてくる。

「困らせてすまない。明日は……お疲れでしょうから、休んでいてください。ハルカさんが嫌でなければ、また水曜日におつき合いいただけると嬉しい」

「……はい。あっ……晋一郎さんに、レアチーズケーキをお持ちすると約束していますし。金曜日はお店が臨時休業だったので、今度こそ、と」

無意識に、うなずいてしまった。そんな自分に狼狽《ろうばい》して、しどろもどろに言い訳じみた言葉を続ける。

本当に高儀のためを思うなら、ハッキリと突っぱねて……もう逢わないほうがいいと頭ではわかっている。

なのに、心地いい時間を手放したくないという自分勝手な思いが、遥大の首を上下に揺らしてしまった。

「よかった。では……また、ご連絡します。今回は、本当にありがとうございました」

嬉しそうな高儀に、やっぱりダメだなんて言えない。

そう……心の中で自身に言い訳を重ねた遥大は、小さく「はい」と言い残して助手席のドアを開けた。

自分は、なんてズルい人間だろう。

遥大が歩道に上がったのを確認して、ゆっくりと車が動き始める。遠ざかるテールランプを見送った遥大は、カーディガンの胸元をギュッと握り締めた。

「その、『好き』は……おれのものじゃ、ないんだよな」

高儀が真摯に告げたのは、遥大ではなく、『ハルカ』に寄せた恋心だ。

当然なのに、口に出して再確認するとズキズキと胸の奥が鈍い痛みを訴える。

どうして、なにが、これほど苦しいのだろう。

「違う。そんなんじゃない。考えたら、ダメだ」

理由は薄っすらとわかっているけれど、必死で頭から振り払う。

これは、高儀と同じ想いではない。

高儀のように、純粋で綺麗な感情ではない。

計算ずくめで嘘にまみれた遥大の想いを、高儀のものと一緒にしてはいけないのだと戒める。

なにより、今のこの姿では、高儀を好きだなんて……独り言でも許されない。

いつから、こんなにも高儀が特別になってしまったのだろう。彼自身が難しいと言っていたように、遥大にも説明などつかない。

きっと、些細な……ほんの小さな「なんだかこの人いいな」の積み重ねが、どんどん積み上がっていったのだ。

見ないようにしていた、気づかないようにしていた想いは、高儀に「好き」と言われた瞬間から胸の中いっぱいに膨れ上がり、わずかな振動でも零れてしまいそうだった。

「ごめ……なさい」

今となってはリセットのできない嘘ばかりで、もう引き返すことなど不可能だ。

強く唇を噛んだ遥大は、足元に視線を落として着替え等の荷物を預けてあるロッカーへと踵を返した。

せめて、少しでも早く嘘で固めた姿から本当の自分に戻ろう。

そうしたら、高儀自身に告げられなくても「好き」と口に出すことができる。

《七》

やはり、もう高儀と逢わないほうがいいのかもしれない。でも、遥大が突然行かなくなってしまったら、晋一郎はがっかりするだろうか。

なにより、レアチーズケーキを持っていくと指切りしたのだから……その約束を破りたくない。

思考が、あちらこちらに行ったり来たり……迷っているあいだに、あっという間に三日が経ってしまった。

待ち合わせの駅に行くため、家を出なければならない時間が近づいても準備をする気になれず、何度目かも数え切れなくなったため息の数を重ねる。

「そろそろ、動かないと……な」

チラチラと時計を見ていた遥大は、ようやくベッドから立ち上がったけれど、『ハルカ』に変わるためのグッズが収められている紙袋からは意識して顔を背《そむ》けてしまった。

夏は盛りを過ぎ、高校の夏休みも、もうすぐ……十日ほどで終わる。

高儀と逢うのは残り日数の半分にも満たない回数で、あと少しだけ乗り切れば、斎川との約束が履行される。

家の、母親たちのことを思えば迷う必要などないはずなのに、高儀に対する罪悪感が心身に重く圧しかかる。

「おれ、バカだろ」

斎川の提案を安請け合いした自分が、いかに考えなしだったのか痛感させられた。あの日の遥大は、それ以外に方法はないと足元しか見ていなかった。顔を上げて、周囲や道の先に目を向ける余裕さえなかった。

では、どうすればよかったのかと改めて考えても……無力な自分には、他に手立てなどなかったと思うけれど。

こうして、日曜からずっと、堂々巡りに陥っている。

「着替えて、行かなきゃ……な」

気は重いけれど、もう本当に時間が迫っている。

これ以上グズグズしていたら、晋一郎と約束したチーズケーキを買いに途中下車するどころか、真っ直ぐ向かっても高儀との待ち合わせ時間に遅れてしまいそうだ。

意を決して紙袋に手を伸ばしかけたけれど、ズボンのポケットに入れてあるスマートフォンが着信を知らせて動きを止めた。

「誰だ。あ……れ？」

スマートフォンを手に持った遥大は、画面に表示されている『高儀』の名前に、目を見開く。

互いの連絡先を交換していても、なにもない時にこんなふうに電話をかけてくることなどなかった。

それも、あと一時間もしないうちに直接顔を合わせるはずなのに……どうして？

なにか、不測の事態があったのだろうかという不安が込み上げてきて、急いで耳に押しつけた。

「も、もしもしっ」

焦るあまり、取り繕うことのない素に近い声が出てしまった。

ただ、幸いにも電話越しなので、誤魔化すことができるか……と、ドキドキしながら高儀の言葉を待つ。

『ハルカさん、もうご自宅を出られていますか？　外でしょうか』

「いえ」

耳を澄ませると、高儀の声の後ろでざわざわと大勢の人の気配がしているのがわかる。高儀こそ、どこか外から電話をしてきているのだろう。

しかも歩きながらなのか、風のノイズが混じっている。こんなふうに、落ち着かない様子は初めてだ。

『よかった。待ち合わせ時間の直前に言い出して申し訳ないのですが、今日はそのままご自宅にいらしてください。少し……所用がありまして。もしかしたら、金曜日の約束もキャンセルさせてもらうかと。また、ご連絡するので』

「わかりました」

『では、失礼します』

よほど急ぎの用があったのか、高儀はいつになく忙《せわ》しない口調で言い置いてプツリと通話を切った。

遥大に対していつも丁寧に接してくる高儀にしては、珍しい会話の終わらせ方だ。

自分が言い出すことなく顔を合わさずに済んだと安堵するのではなくて、なんとも形容し難《がた》い胸騒ぎが湧いてくる。

窓の外から、庭の木に遊びに来ているらしい蟬《せみ》の鳴き声が聞こえてきて、誘われるように目を向けた。

「なんだろう……大丈夫かな？」

不安に揺らぐ遥大の小さなつぶやきは、エアコンのモーター音に搔《か》き消された。

□ □ □

遥大は待ち合わせ時間の正午より十五分も早く着いたのに、高儀は既にいつもの場所に立っていた。

水曜日は待ち合わせ時間直前のキャンセル連絡で、金曜日も、短く「今日もすみません」とだけ電話があった。

今日は、どうだろう……と、朝からスマートフォンを片時も手放せずにいたら、十時前に高儀からの着信が入った。

急いで電話に出た遥大に、高儀は『今日は、お願いできますか』と静かに尋ねてきて、遥大は短く「はい」とだけ答えた。

逢わなかったのは、たった一週間だ。それなのに、随分と長く顔を見なかったように感じる。

「お待たせしましたか？」

小走りで高儀に駆け寄った遥大を、彼は目を細めて見詰めてきた。首を左右に振り、口を開く。

「いえ、あなたが駆け寄る先に立っている僕を、男性たちが羨む目で見ていて……優越感を覚えてしまいました。我ながら、いい性格だ」

「……恥ずかしいので、やめてください」

この人は、また……どうして、こんな台詞をわずかな照れもなさそうに言えるのだろう。

唇を尖《とが》らせた遥大に、「本当のことなのに?」と追い討ちをかけてくる。

よかった。これまでと変わらない。

別れ際の会話があんなものだったし、変に間が空いてしまったので、うまく話せないかと不安を抱えていたけれど……いつもと同じ態度の高儀に、肩の力が抜ける。

ふと、高儀の目が遥大の手元に落とされて、慎重に扱わなければならないものを持っていたのだと思い出した。

「あ、これ……晋一郎さんと約束していた、レアチーズケーキです。うっかり走っちゃったから、崩れていなければいいんですけど」

予想以上に早く来ていた高儀に驚いて、箱を揺らして駆け寄るという……迂闊なことをしてしまった。

中は無事かな、と白い箱に心配の目を向けた遥大に、高儀はなんとも形容し難い微笑を浮かべる。

その表情のまま、「お持ちします」と箱を引き取られた。

「昌史さん? あの、中を確認して、買い直したほうが……」

「いえ、そのようなお気遣いは無用です。ここは暑いので……車に行きましょう」

そっと背中に手を当ててそう言いながら、いつもの駐車場に向かってエスコートされる。断る理由のない遥大は、うなずいて足を動かした。

なんだろう。高儀の纏う空気が、普段とどこか違う。

言葉少なくハンドルを握るのはいつもと同じだけれど、助手席からそっと窺い見る横顔に緊張のようなものを感じる。

一週間前のやり取りが、高儀を緊張させているのだろうか。でも、遥大よりずっと大人で落ち着いている高儀が、あのことを引きずっていて……それを遥大に悟らせるとは、考えづらい。

直接ぶつけられない疑問が、喉のところに詰まっているみたいで苦しい。

平日の昼過ぎという時間だ。高儀の運転するベンツは渋滞のない高速道路を走り続け、車窓の向こうにすっかり馴染みとなった海が見えてきた。

ふと遥大の肩から力が抜けたのを見計らっていたかのように、高儀が静かに呼びかけてくる。

「ハルカさん」

「は、い」

ぎこちなく答えて、窓から高儀へと視線を移した。高儀は硬い表情で前を見詰めたまま、低く言葉を続けた。

「実は、言っておかなければならないことが……あります。別荘に向かってはいますが、祖父は、そこにいません」

「……？」

どういう意味だろう。

無言で自分の膝に目を落として首を捻った遥大は、ハッとして顔を上げた。まさか、体調を悪くしてどこかに入院しているのでは。

それなら、別荘ではなく病院へ連れていってほしい。

「あの、でしたら晋一郎さんのいる」

そう伝えようと口を開いた遥大の言葉が終わる前に、高儀は、礼儀正しい彼らしくなく割って入ってくる。

「すみません。逢っていただくことは、できません」

「え……どう、して」

胸の内側に、暗いモヤモヤが渦巻いている。

これは……不安だ。

高儀の言葉を聞くのが、なんだか怖い。でも、聞かずにいられない。聞きたくない。なのに、確かめないと不安がますます膨れ上がる。

矛盾する思いが遥大の中でせめぎ合い、惑乱が増すばかりになる。

「昌史さん……」

助けを求めるように高儀を呼んだ声は、今にも泣き出してしまいそうなほど弱々しい響きになってしまった。

高儀からの返事はなくて、痺《しび》れを切らした遥大がもう一度「昌史さん」と呼びかけたところで、別荘に到着する。

高儀は駐車場の定位置に車を停め、サイドブレーキを引いてエンジンを停止させると、運転席のシートに背中を預けた。

いつもなら、車のエンジン音を聞いてお手伝いの女性が迎えに出てくる。でも今日は、扉が開かれる気配すらない。

別荘が無人なのだと、敢《あ》えて尋ねなくとも知ることができる。

高儀はシートに深く腰かけたままの体勢で、遥大を見ることもなくポツリとつぶやいた。

「先週の……水曜の夜に、亡くなりました」

決定的な言葉を聞かされた遥大は言葉を失った。

嘘だ、と零れ落ちそうになった言葉をギリギリのところで呑み込む。

高儀がそんな嘘など、口にするわけがない。嘘だろうという切り返しは、あまりにも無神経だ。

「ここに来て……ハルカさんにお会いしてからは特に、随分と体調がよくなっていたのですが、急性の心臓発作で」

静養中だとは、聞いていた。でも、遥大が知る限り晋一郎は元気そうで、急激に体調が悪化するようには見えなかったのに。

もう、この別荘に入っても……いない？

そんなの、信じられない。

寝室を訪ねると、いつもと同じようにベッドの上から「ハルカさん」と笑いかけてくるのではないだろうか。

「もっと早くにお伝えしよう、言わなければと思ったんだが、どうしても……言えなかった。……申し訳ありません」

「あ、謝らないでください」

震えそうになる指先を強く手の中に握り込み、震える息を吐く。

沈黙が息苦しい。でも、遥大はなにを言えばいいのかわからない。

どんな言葉も、高儀にとって慰めになどならないはずで……この淋《さび》しさを適切に伝える術《すべ》など、見つけられない。

「降りましょう。渡したいものがあって、お連れしたのでした」

ふと声のトーンを変えた高儀が、運転席のドアを開けて車を降りた。助手席側に回り込み、外からドアを開けられてしまうと、ここに居座るわけにはいかない。

動きかけ、シートベルトを装着したままだと気がついて「あ」と小声を零した。

留め具を外そうとしても、うまく指に力が入らない。もたもたする遥大を見兼ねたのか、高儀がシートベルトを外してくれる。

差し出された手を反射的に取り、車を降りた。

「そんな顔を、しないでください。もともと、夏を越えられないだろうと言われていた。最後にあなたに逢えて、祖父は本当に嬉しそうだった。感謝しています」

前を歩く高儀が、どんな表情でそう言っているのか、わからない。遥大は無言で足を運び、慣れ親しんだ別荘の玄関扉をくぐった。

高儀は静かな廊下をゆっくりと歩き、いつも晋一郎がいた部屋の前で立ち止まり……ノックをすることなく、扉を開けた。

「どうぞ」

「……はい」

そっと室内に足を踏み入れた遥大の目に飛び込んできたのは、ガランとした空間だった。

晋一郎のベッドはなく、いつもお茶を飲んでいたテーブルセットだけが残されている。

ああ……本当に彼はもういないのだな、と。ようやく現実のものとして捉えた途端、なんの前触れもなく視界が白く霞《かす》んだ。

「あ……れ？」

瞬きをしたのと同時に、パタパタと足元に水滴が落ちる。頬を伝うぬるいものは、涙……だろうか。

「な、なんだろ。すみません。なんで、急……にっ」

途中で声が上擦り、掠れ……グッと喉を鳴らして唇を引き結んだ。

こんなふうに泣いてしまったら、高儀を困らせる。きっと今も、当惑の目で遥大を見ている。

そうわかっていても、次から次へと生ぬるい涙が湧き上がって頬を滑り落ちていく。

「ご、め……っなさい。おれ……っ、ど……して」

ヒクッとしゃくり上げるように言葉を途切れさせて、手の甲でゴシゴシと頬を擦った。

視界が揺らぐ。頭の中も真っ白だ。

「そんなに目を擦《こす》ってはいけない」

「っ、でも……っぅ……」

手首を摑んで制止されて、きっとグチャグチャのみっともない顔で高儀を見上げた。

高儀は、苦しそうな……切なそうな、道を見失った子供が途方に暮れているような。言葉では説明できない複雑な表情で遥大を見下ろしていた。

「昌史、さ……ん」

他に言葉を思いつかなかった遥大が名前を口にすると、グッと眉間に皺を刻み……長い腕の中に抱き込まれた。

「……すみません」

頭のすぐ傍で聞こえた、感情を押し殺したような低い声に首を振り、大きな背中にしがみつく。

ピッタリと密着した胸元からは、薄いシャツでは遮られることのない高儀の動悸と体温が伝わってきた。

抱き寄せられた腕の力は苦しいほど強く、まるで幼い子供が必死で母親に縋りついているみたいで……背中に回した手に、ギュッと力を込める。

ドクドクと忙しない鼓動が、高儀が平静ではないことを伝えてくる。

晋一郎は、高儀が早くに両親を亡くしていると言っていた。もしかして、祖父である彼が唯一残された血縁者だったのだろうか。

ここで交わされていた、二人の仲のよさを窺い知れる会話が脳裏《のうり》に蘇り、堪らない気分になる。

高儀は、絶対に遥大の前で涙を見せない。それなら、代わりに自分が思う存分に泣いてし

まおう。

そんな言い訳を得て、嗚咽《おえつ》を堪《こら》えようという努力を手放した。

「っく……ひっ、ぅ……」

「……ありがとう」

縋りつくように遥大を抱き締めたまま、高儀が短く口にする。その声が震えているように感じたのは、気のせいかもしれないけれど……。

エアコンの作動していない部屋は汗ばむ暑さで、遥大を抱き込んでいる高儀も暑いはずだ。当然、遥大も汗を滲ませているのに……離れたくない。

随分と長く、そうして抱き合っていたように感じる。ようやく落ち着きを取り戻した遥大は、高儀の背中から手を離して身体を引いた。

「ごめ、なさ……い、なんか、止まんな……って」

恥ずかしさのあまり、高儀の顔を見られない。足元に視線を落としていると、言葉もなく高儀の手が頬に押し当てられた。

「汚……っ」

グチャグチャで汚いのに、と焦って顔を上げた直後、目の前が暗く翳《かげ》った。高儀の端整な容貌が目前に迫り、反射的にギュッと瞼を閉じる。

数秒後、唇に触れたのは……優しい、ぬくもり。

これは、なんだろう。

もしかして、キスかと気づいた遥大がビクッと肩を震わせると、ハッとしたように高儀が身体を離す。

「ッ、あ……」

顔を背け、苦しそうに口を開いた。

「……すみません。あなたの同情につけ込むような、卑怯《ひきょう》な真似をして。っ……僕は、最低だ」

「そんなことっ、ない」

自嘲《じちょう》を滲ませた低い声に、勢いよく首を左右に振る。

高儀は悪くない。悪いというなら、微塵も避けようとしなかった遥大も同罪だ。

先ほどまでの心をピッタリ添わせるような空気が一掃され、代わりにギクシャクとしたものが漂う。

唇を噛み締める高儀が、自責の念に駆られていることが伝わってくる。

ずっと、胸の内側に滞っていた迷いや苦しさが、ますます増幅する。

こんなに真っ直ぐで誠実な人を騙して、自分はなにをやっているのだろう。高儀を騙し通して、斎川との賭けに勝ち……それで満足できる？

ずっと、高儀を騙して勝ち取ったのだという罪悪感を抱えて、あの家で暮らし続けることになる。

「昌史さんっ」

なにもかも曝《さら》け出してしまいたいという衝動が込み上げてきて、高儀の名前を口にした。

家は、いつか……何十年かかっても、自力で働いて取り返せばいい。本気でそう決意したら、不可能などないはずだ。

今は、もう……この苦しさに耐えられない。

高儀は遥大のそんな決意など知る由《よし》もなく、目を合わせようとしないまま身体の向きを変えた。

「車の中でも言いましたが、ここにハルカさんをお連れしたのは、渡したいものがあったからなんだ。祖父の形見分けだと思って、受け取ってもらえると嬉しい」

事実を告げようというタイミングを、逃してしまった。

膨らんでいた風船から空気が抜けるように意気が萎《しぼ》み、握り締めていた手の力を抜く。

「は……い」

ついてくるようにとは言われなかったけれど、この部屋に一人残されるのは嫌で、廊下に出ていく高儀の背中を追いかけた。

高儀が向かったのは、これまで遥大が一度も足を踏み入れたことのない、建物の一番奥まったところにある一室だった。

扉を開けた高儀は遥大を振り返ることなく、

「お客様を迎える部屋でなくて恥ずかしいのですが、どうぞ」

と、促した。

そこは、埃《ほこり》っぽさや不潔感などはないけれど、明らかに日常的に使用されていない部屋だった。

納戸《なんど》のような使い方をしているのか、壁に沿って様々な大きさの箱が詰まれていて、窓を覆う暗色のカーテンが日光を遮っている。

「確か、ここに……。祖父は隠していたつもりのようですが、たまに取り出して眺めていたので」

遥大の応えを求めるのではなく、独り言の響きだ。

しばらくゴソゴソ探っていたけれど、「ああ、これだ」とつぶやいて紺色の箱を取り出し、蓋《ふた》を開ける。

長辺が三十センチほどの額縁に収められているのは、写真……いや、画だろうか。

「こちらを、見てください」

振り向いた高儀が、遥大の前に手に持った額を差し出してきた。

完全に遮光しているわけではないカーテン越しの光が、ぼんやりとそこに描かれている画を照らす。

何気なく視線を落とした遥大だったが、そこに描かれている人物を目に映したのと同時に息を呑んだ。

「ッ……？」

控え目に微笑む、ドレス姿の少女が描かれていた。特殊な技法で描かれているわけではなく、写実的な肖像画だ。

遥大を呆然《ぼうぜん》とさせている要因は、一つ。

その少女の容姿が……鏡を覗き込んでいるのではないかという錯覚を起こすほど、自分に酷似していたのだ。

「驚きましたか？　これが、パーティーの日、初めてハルカさんと出逢った僕が、失礼にもマジマジと凝視《ぎょうし》してしまった理由……だったんです」

「……驚いた」

遥大は唖然と画を目に映したまま、ポツリと答える。

まるで、自分を写し取られているようだが……額も紙も、経年によって少しだけ変色している。

この様子だと、描かれてから結構な年数が経っているはずだ。少なくとも、十年や二十年という単位ではない。

「美しいでしょう。僕は、この画の存在を知っていた。祖父が、どのような想いでこれを大切にしていたのかも……」

そっと額に指を滑らせる高儀は、自覚があるのかどうか……愛《いと》しさをたっぷりと込めた眼差しで、肖像を見詰めていた。

晋一郎が寄せていたという想い。それと似通ったものを、高儀もこの少女に抱いているのではないだろうか。

具現化したように画の少女と瓜二《うりふた》つの遥大を目にした時の驚きようや、最初から不可解なほど優しく接してくれていた理由も、『それ』なのでは。

一度頭に思い浮かぶと、そうとしか思えなくなってきた。そう考えたら、「どうして」にすべて答えが出るのだ。

「晋一郎さんにも、昌史さんにとっても……この人は、特別なんですね」

ポツリとつぶやいた遥大の言葉を、高儀は否定しなかった。

どんな顔をして、肖像画を手に持つ遥大を見ているのか、確かめるのが怖い。

偽りの姿を見せて、高儀を騙している遥大が「自分はこの人の身代わりなのか」と、責めるような言葉を口にできるわけがない。

でも……好きだと告げてきた際の真摯な目が、本当は遥大に向けられていたものではないかもしれないと思えば、肖像画を持つ手が震えた。

自分も、高儀も……いろんな意味の『本当』を隠していた。自分たちのあいだに、真実はどれくらいあったのだろう。

高儀から告げられた『好き』も、遥大の高儀に対する『好き』も、今となってはぼんやりと霞んでいる。

「迷惑でなければ、形見としてハルカさんに持っていてほしい。祖父も、きっとそれがいいと……うなずくはずだ」

頭上から落ちてくる高儀の言葉に、そっと首を縦に振った。

世の中に縁というものがあるのなら、この自分によく似た少女の画を引き取るのは、ごく自然なことのようだった。

「よかった」

ホッとした声でそう言った高儀は、額が収まっていた紺色の箱を差し出してくる。そこに持っていた肖像画を収めると、紙袋に入れてから再び遥大の手に戻された。

「約束のチーズケーキ、晋一郎さんのご仏前にお供《そな》えしてください」

「ええ、必ず」

「……きちんと、晋一郎さんに食べてほしかった。約束したのに、ちゃんと、金曜日に持ってきていたら……」

「過去に対する『もしも』は、過ぎた後だから言えることです。そうして後悔するよりも、チーズケーキを美味しいと喜んでいた祖父の顔を憶えていてください」

静かな声に、こくんとうなずく。

高儀は「ありがとう」と言ってくれたけれど、遥大もここで晋一郎や高儀とお茶を飲む時間が楽しかった。

姿は偽りで固めたものだった。でも、彼らに対する慕わしさに嘘はない。

高儀は遥大の『真実』を知らないのに、意図することなく罪悪感を軽くしてくれる。

「帰りましょうか」

晋一郎がいないここに、長居するのが苦しいのだろうと想像がつく。遥大も同じ思いだから、「はい」と短く答えて部屋を出た。

きっと、もう……ここに来ることはない。この別荘で過ごしたのは短い時間だったのに、濃密な思い出が詰まっている。

靴を履《は》き、玄関を出て……一度だけ振り向いた。

白い壁、赤い屋根、砂浜と……青い海。

視界に映るすべてを目に焼きつけて、高儀が開けた助手席のドアから車に乗り込んだ。


送り届けられる時は、駐車場ではなく駅前のロータリーで車を降りる。

ここだと長く停車できないので、少しでも早く高儀との距離を置きたい遥大にとっては好都合だ。

「ありがとうございました。……この肖像画、大切にします」

歩道の端に立った遥大は、両手で抱き込むようにして紙袋を持ち、運転席の高儀に告げる。

この先、高儀と逢える理由がない。

そんな遥大の思考を見透かしたかのように、高儀が静かに尋ねてきた。

「祖父のことは、もう言い訳にできませんが……また、僕と逢ってくれますか。お誘いしてもいいでしょうか」

「……ごめんなさい」

足元に向かってそれだけ零すと、高儀に背中を向けた。別荘を出てから、一度も高儀と目を合わせられなかった。

だから、彼がどんな顔をしていたのかわからない。

奥歯を噛み締めた遥大は、小走りで駅の構内を目指す。

高儀の車がロータリーに停まったままなのか、走り去ってしまったのか確かめることはできなかった。

また逢ってくれるかと尋ねてきた高儀に、もう逢わない……逢えないと、ハッキリ言えなかった。

でも遥大は、これで「さよなら」だと決意している。

あの誠実で高潔な、優しい人を騙し続ける苦しさに、耐えられなくなった。

遥大は、さよならを告げる時まで利己的で、真実を隠したまま……ギリギリのところで尚《なお》、保身を図った。

こんな最低な人間など、早く忘れてくれればいい。

高儀にはもっと、相応《ふさわ》しい人がいる。

隣に並ぶべき人は、少女の偽装をした自分なんかではなく、心身ともに清廉な綺麗な女性が似合うと思う。

「……おれは、忘れられないだろうけど」

自分は忘れないのに、高儀には忘れろと願う。

やはり、とことん自分勝手だと……歪んだ笑みを滲ませて、震える手でロッカーの鍵を開けた。

《八》

インターホンの音に、待ち構えていた遥大はスッと息を吸い込む。

訪問者を確認するためモニターを覗くと、長身の男と門扉の前で停車しているホワイトのＢＭＷが映されていた。

こちらに向かって笑いかけた男は、無言でヒラヒラと手を振ってくる。

「ロック、解除するんで……そのまま中にどうぞ」

門扉を開くためのボタンを押し、モニターから離れた遥大はゆっくりとした足取りで玄関へと向かう。

靴の踵《かかと》を踏み、玄関扉の鍵を開けてノブを見据えた。

「……わざわざ、ラスボスのほうからお出ましか。あの人、暇なんじゃないか？」

独り言の憎まれ口を叩いて、そのまま玄関先で斎川の到着を待つ。

車のエンジン音が近づいてきて、ポーチのところで停まり……ドアの開閉音が聞こえる。

ドアベルが鳴らされる前に、内側から玄関扉を開いた。

「っと、なんだ。お出迎えか？　そんなに俺に逢いたかった、って？」

「……面白くない。悪趣味な冗談に笑ってやれる気分じゃない」

ヘラヘラと笑いながらそんな台詞を口にする斎川を、ジロリと見上げた。

今日も残暑は厳しく、真夏日なのに、スーツを着ている。……一応は仕事中なのか？　こうして、遥大のところを訪れるのを仕事と認識しているかどうかは疑わしいので、他にも用があるに違いない。

「車、そこでいいよな？　日当たりがいいところは暑いから、木陰に置いときたい」

斎川が指差したのは、たっぷりと葉を茂らせた枝を伸ばしている大きな庭木の脇だ。枝葉が陰を作り、ちょうどＢＭＷをすっぽりと覆っている。

「どこでもいい。どうせ誰も来ないから、邪魔にならない」

母親は、斎川がやってくるのに合わせて真砂子に連れ出してもらっている。帰宅するのは、夕方の予定だ。

「ここで立ち話か？　来てやったんだから、茶の一杯くらい出せよ」

「……図々《ずうずう》しいな。水でよければ、飲ませてあげますけど」

「上等だ」

無遠慮な斎川に倣《なら》って、遥大も遠慮なく生意気な態度を取ってやる。

それでも斎川は不快感を示すことなく、面白がっているような顔でこちらを見下ろしていた。

「どーぞ」

玄関扉を大きく開き、入るように促す。

チラリと車を振り向いた斎川は、「じゃ、お邪魔しまっす」とふざけた調子で言いながら、大股で遥大の脇を抜けて玄関先に足を踏み入れた。


「ぬるくなってるかもしれないけど」

応接室に通すと、テーブルに用意してあった缶コーヒーを差し出した。

「水じゃないのか。ありがたくいただこう」

そう言ってクッと低く笑った斎川は、遥大が突き出した缶コーヒーを受け取ってソファに腰を下ろす。

やはり図々しい。まるで、旧知の仲のような寛《くつろ》ぎ具合だ。

「電話で言ってたが……棄権する、って本気か？」

言葉遊びが好きらしい斎川にしては珍しいことに、前置きなく、ズバリと本題を持ち出してきた。

遥大はソファの脇に立ったまま、斎川を見下ろして答える。

「本気でなければ、そんなこと言わない」

「でも、高儀にはバレてないいんじゃないか？　高校の夏休みは、あと……一週間くらいか。なのに、自分から途中棄権する理由は？」

白旗を揚げれば、斎川はあっさりうなずくだけだろうと予想していた。なのに、思いがけない追及だ。

遥大は斎川から目を逸らして、ポツポツと答えた。

「……あんたに、そんなこと聞かれると思わなかった。理由を話しても、権利書を返してくれるわけじゃないんだろ」

「んー……内容によるかな。俺が満足できる面白いものなら、考えてやってもいい」

ある程度わかっていたことだけれど、斎川はとことん酔狂というか悪趣味な人間らしい。人の悪い、余裕の笑みを滲ませながら遥大を見上げている。

この男が、あの高儀と長年友人をしているとは……やはり結びつかない。相性としては、水と油ではないだろうか。

「じゃ、言わない。あんたに面白がってもらえる理由じゃないから」

そう返して唇を引き結ぶと、斎川は開けていない缶コーヒーをポンポンとお手玉のように投げながら「ふーん？」と鼻を鳴らした。

「それで、家はどうする気だ。母親と二人して、路上生活か？」

「……ここに拘《こだわ》らなければ、どうにかなる。調べたら、公営住宅とか駅から離れたところにあるアパートとかだと、結構安いみたいだし」

「おまえはよくても、母親は？　深窓のお嬢様……ってか、丸きりお姫さんなんだろ？　狭いウサギ小屋みたいなところで節約生活なんか、したことないだろうに」

「………」

遥大が懸念しているのは、まさにそれだ。自分はたぶん、どんな環境でもそれなりに順応できる。

でも、母親には……きっと辛《つら》い思いをさせてしまう。

父親の遺産は、さほど手元に残っていない。遥大が大学進学を諦めれば、数年間は最低限の生活をするのになんとかできそうなだけはあるけれど、住居費を含めて考えれば今までと変わらない生活水準や環境は保てない。

残り半年ほどの高校だけは卒業させてもらって、一日でも早く働かなければ。

「なんとか……我慢してもらう。おれが働けるようになったら、お金を貯めて、いつか……この家を、取り戻す」

うつむいて、ぼそぼそと口にする。ポンポンと缶を投げていた斎川の手が、ピタリと止まるのが視界の端に映った。

「甘いな、お坊ちゃん。世の中舐《な》めんな。そんなに簡単に行くかよ」

「っ、それでも……っ、努力するのは勝手だろ。それに、おれらが路上生活しようがネカフェを漂流しようが、あんたに関係ないじゃんか」

甘い、浅はかな考えだとズバリと突きつけられて、理路整然とした切り返しはできなかった。

世間知らずで子供の遥大でも、簡単に思うようにできるわけがないということはわかっている。

それでも、斎川に現実を思い知らされるのは悔しくて、両手をギュッと握って全身に棘《とげ》を纏う。

意気込む遥大をよそに、斎川は「まぁ、確かに関係ないか」と、あっさりうなずいた……ように見せていたけれど、

「……俺の友人に、アンティーク家具の取り扱いを専門にしているやつがいる。調度品の鑑定をさせて、屋敷を含めてどれくらいの金額になるか……将来の目標価格を、弾き出してやろうか」

意地の悪い口調で、そんなふうに遥大に追い討ちをかけてくる。

遥大が、高儀の職業を知っていると……わかっているくせに。わざわざ回りくどく持ち出して、どう反応するか面白がっているのだ。

そこまで察せられるから、感情を押し殺した声で短く返した。

「いらねーよ。余計なお世話だ」

「可愛くないなぁ、意地っ張り」

「あんたに、可愛いなんて思われたくないから、ありがたいねっ」

「ははっ、高儀には可愛かったくせに。あの堅物、ハルカに惚《ほ》れたから口説《くど》くぞ……なんて、俺に宣言してきたぞ。愛の告白、されただろ？」

「…………」

高儀は、なにをどこまでこの男に話しているのだろう。

バカ正直に、恋敵だと信じている相手に『おまえの恋人を口説く』と宣言するあたりは想像がつくけれど、どこまで筒抜けなのかは未知数だ。

下手なことをしゃべれず、黙りこくる遥大に斎川はマイペースで話し続ける。

「あれ、出せよ」

「……え？」

あれ、の一言ではわけがわからない。

目をしばたたかせて斎川を見下ろす遥大を、斎川はソファに深く腰かけたままの尊大な態度で見上げてきた。

「高儀から、ジイサンの形見……なにか、もらっただろ。あいつは、ハルカに形見を渡していいかとしか言わなかったが。なんでもいい。持ってこいよ」

「なんで?」

「そいつを見てから話す。いいから、持ってこいって」

横暴な態度で、持ってこいの一点張りだ。遥大は戸惑ったけれど、斎川は引き下がりそうにない。

押し問答が面倒になり、

「わかったよっ。なんだよ、もう」

自棄気味《やけぎみ》にそう口にして、ソファに座る斎川へ背中を向けると早足で自室に向かった。

さっさとこれを見せて、斎川の気が済めば追い出そう。母や真砂子が帰宅するまでの数時間、一人で落ち込む時間くらいは欲しい。

紙袋に入れたまま置いてあった肖像画を手に取り、ついでにその脇にある『グッズ一式』の詰まった大きな紙袋も掴む。

小走りで応接室に戻った遥大は、斎川の前に二つの紙袋を突き出した。

「こっちが、晋一郎さんの形見。これは、あんたに押しつけられたもの。もういらない。処分に困るから、持って帰って捨ててよ」

薄ら笑いを浮かべて遥大を見上げている斎川は、『グッズ一式』の紙袋を足元に置いて肖像画の収まった紙袋をテーブルに乗せた。

紺色の箱を取り出して、慎重に両手で蓋を開ける。

「ふ……やっぱり、これか」

遥大が言葉を失った肖像画を確かめた斎川の口から出たのは、そんな一言で……驚きに目を瞠る。

女装した遥大を写したような肖像画を前にして、少しも驚いていない。

それどころか、最初から、この画の存在を知っていて、遥大に渡ることまで読んでいたみたいな口ぶりだ。

「やっぱり？　あんた、その画……知ってたのか？　おれ、に……似てる、ってことも知ってて……？」

どう尋ねればいいのかわからなくなり、最後のほうはしどろもどろになる。

なんで？　と零す遥大を、斎川は真顔で見上げてきた。

「知ってたか、って質問にはイエスだ。あのあたり、マリンスポーツには最適な海だろ。学生時代、あの別荘には何度も出入りしてたからなぁ。で、提案だ。コイツ……俺に売れよ。家の権利書と物々交換でもいいぞ」

「な……っに、ダメだっ。それは、晋一郎さんの形見で……昌史さんも、大切にしてた。おれが、自分のために売ったりしていいものじゃない！」

唐突な申し出に驚いたけれど、主張しなければならないのは『否』の一つだ。

この男が、なにを考えて肖像画と権利書の交換を言い出したのかはわからない。

もしかして、遥大が知らないだけで高名な画家の手で描かれた高価なものなのかもしれないけれど、どんな理由であれ手放す気はなかった。

睨みつける遥大と、斎川はしばらく無言で視線を絡ませ続け……ふと、皮肉の滲む苦笑を唇に刻む。

「昌史さん、ねぇ。あいつを振ったくせに、そんな気は遣うんだな。振った男からの贈り物なんて、怨念《おんねん》の塊みたいな厄介な物だろ。金になる……家との引き換え材料なんて、願ったり叶《かな》ったりの好都合じゃないのか？　スッキリと切り捨てろよ」

淡々とした口調で、そんなふうに意地の悪い言葉を投げかけられ……プツンと張りつめていた糸が切れたように感じた。

「あの人の友達のクセに、なんでそんなことばっかり言うんだよっ。おれ、は……好きなんて言われても、おれもですなんて応えられるわけがないだろ。嘘の姿で、あんなに誠実な人を騙してて……っ。もう、顔を合わせられない。二度と逢えないって、わか……ってる。おれに唯一残されたものまで、手放せ、って？」

途中から、自分がなにを口走っているのかわからなくなってきた。

斎川に向かって、主張するようなことではなかったと思うが、すべての事情を知っている斎川にだから言えることでもあった。

一気に口にして大きく息をついていると、斎川は肖像画を手にしたまま「なるほど」とつぶやく。

なに？　なるほど……って、なにを納得しているんだろう？

この捻くれた男の言動は、まったく読めない。高儀のように真っ直ぐな人のほうが、珍しいのだと思うけれど。

「好きなのに、嘘をついて……騙していた罪悪感から応えられない、か。男だってバレて、賭けに負けることを恐れていたわけじゃないんだな」

「そ……んなの、もう、考えられなかった。どうでも、い……っ。大切なのは、そんなのじゃない。昌史さん、傷つける自分……が、許せな……ッ」

神経が昂《たかぶ》るあまり、うまくしゃべれない。

もどかしさと、胸が詰まるような息苦しさに目の前がクラクラ揺れて、その場にしゃがみ込んだ。

膝に額を押しつけて、震える息をつく。

「やっぱおまえ、見かけより気が強くて生意気だけど……カワイーわ。こんなふうに言われたら、堪んないよなぁ？　高儀」

「……？」

この場にいない高儀に、同意を求めるような口調で名前を呼んだ斎川に不審なものを感じて、のろのろと顔を上げる。

ソファに座っている斎川は、床にしゃがみ込んだ遥大をニヤニヤ笑って見下ろしながら……スーツのポケットからスマートフォンを取り出した。

「どうする、高儀？　玄関の鍵は、かかってないぞ。廊下を進んで……左側、二つ目の部屋だ」

「なに、言って……んだ？　あんた、なに考えて……っ」

惑乱のまま、唖然と斎川を見上げる遥大に、斎川はスマートフォンの画面を向けて笑みを深くした。

「あいつが朴念仁の甲斐性《かいしょう》なしじゃなければ、すぐに乗り込んでくるだろうよ」

それに応えるかのように、玄関から物音が聞こえてくる。続いて、律儀にも「お邪魔します。失礼します」という高儀の声がして、遥大は唖然とした面持《おもも》ちのまま応接室の戸口を振り向いた。

数十秒後、珍しく息せき切って姿を現した高儀を前に、そこでも遥大は「なんで？」としか言えなかった。

高儀が加わった応接室には、奇妙な沈黙が漂っている。

自分の車に高儀を待たせ、スマートフォンの通話をオンにしてスーツに忍ばせていた斎川は、やはり人が悪い以外に言いようがない。

なによりも、見事なまでに斎川の思惑に嵌《はま》ってしまった自分が一番腹立たしい。

「騙し討ちのような真似をして、すまない」

唇を引き結ぶ遥大に向かって頭を下げた高儀を、ぼんやりと見遣った。

今、ここに、高儀がいる。確かに高儀の姿があって声も耳に届いているのに、現実感が……まるでない。

「ハルカさ……ん。本当の名前を、君の口から聞かせてくれないか」

今の遥大は、シンプルなTシャツにスリークォーターのカーゴパンツという格好だ。当然、ロングのウイッグもつけていなければリップクリームも塗っていない。

どこからどう見ても、少女の『ハルカ』ではないのだから、高儀が呼びかけに躊躇うのも当然か。

「……遥大。伊集院《いじゅういん》、遥大」

ボソッと短く答えると、なにがそれほど嬉しいのか、高儀は優しい笑顔で大きくうなずいた。

「遥大くん。君が怒るのも当然だ。卑怯な真似をして、すまない。だが、電話が繋《つな》がらないし……斎川に頼るしか、君に逢う術がなくて」

「おれはっ、あんたが怒ってないことが不思議だ！　女の子のふりをしていたおれに、騙されていたのに……なんで笑ってんだよっ、お人好し！」

　これは、逆ギレというやつだろう。

　混乱を抱えて理不尽な憤りをぶつける遥大に、高儀は腹を立てる様子もなく真顔で言い返してくる。

「騙されていた、と……僕は思わない。君が少女ではないことは、そうだな……三度目くらいに逢った時には、気がついていたかな。最初は本当に女の子だと思っていたが、長い時間接していれば気づかないわけがないだろう。君自身は、わかっていたかどうか……時々、男の子の顔をしていたしね」

「……え、そんなに……早く。まさか、晋一郎さんもっ？」

「それは、どうだろう。祖父と話したことはないが、もし気づいていたとしても……君への態度が、答えじゃないか？　嫌な顔をしたことが、一度でもあったか？」

「な……い。ずっと、変わらなかっ……た」

　晋一郎は、少しも訝しく思っているとは……遥大に感じさせなかった。

　高儀の言葉の数々に呆気《あっけ》に取られた遥大は、高儀とその隣に座っている斎川を交互に見遣る。

　助けを求める目をしているだろう遥大に、斎川はクスリと笑った。

「だってさ。まぁ、言っただろ。高儀はお人好しでバカ正直だが、愚鈍な本物のバカじゃない……って」

高儀は、遥大が少女ではないことに気がついていた。

それなら、あの……展示即売会の時も、その後の『好き』も、晋一郎のいなくなった別荘での、キス……も、遥大が男だとわかっていながら？

高儀との数々のやり取りを思い起こして言葉を失った遥大は、きっと蒼白《そうはく》な顔色をしている。

高儀は正面から真っ直ぐに遥大を見詰めて、深く頭を下げた。

「ショックを受けさせて申し訳ない。なにか、よほどの事情があってのことだろうと……気づいていないふりをしていた。そして僕は、それらを踏まえた上で君に恋をしていると告白したつもりだったんだが」

謝る必要など一切ないはずの高儀に頭を下げられて、遥大はのろのろと首を左右に振った。

なにか言わなければいけない。でも……なにを？

「ちょっ、と……待って。おれ、なにがなんだかわかんな……って」

頭の中が、ぐちゃぐちゃに混乱している。

なにをどこから、どんなふうに考えればいいのかもわからない。

ただ、君に恋をしていると……これまでと変わらない、真摯な顔で真っ直ぐに告げてきた高儀の声が、耳の奥にこだましているみたいだ。

「一つだけ、確認したいんだが……斎川との関係は？　遥大くんの本音を聞かせてもらったことだし、本当に恋愛関係でないのなら、僕はもう一歩も引かないし遠慮もしない」

「遥大、おまえが答えてやれよ」

偉そうな態度で斎川に水を向けられて、グッと眉間に皺を刻んだ。

この男は、傍観者である立場を楽しんでいるのだと……露骨に表している。

いつもは、飄々《ひょうひょう》としてなにを考えているのか読ませないくせに、今はわざと垂れ流しているに違いない。

「遥大くん」

斎川に命令されて口を開くのは癪《しゃく》だけれど、高儀に名前を呼んで促されると、黙っていられなくなった。

「……違う。斎川さんとは、そんなんじゃない。おれ……昌史さんしか」

好きになったことはない、と。

そんな本音を勢いで口にしそうになって、恥ずかしさのあまりギリギリのところで呑み込む。

中途半端に途切れさせた遥大の言葉の続きが聞こえたわけではないと思うけれど、高儀は安堵を滲ませた笑みを零す。

「安心した。斎川が好きだと言われたら、どうやって僕に目を向けてもらおうかと……計画を練らなければならないかと思っていた」

「略奪計画か？」

笑って茶々を入れた斎川に、高儀は真顔で言い返した。

「そんな言い方をするな。ハルカ……遥大くんの意思を無視して、どうこうする気はないからな。ただ、少しでも意識してもらえるよう……努力するのはおかしいだろうか」

「……それさぁ、お綺麗な言い方してるけど、ストーカー予備軍ですって自爆してるのと同じじゃないか？　怖ぇんだけど」

真面目な顔をしている高儀と、少し呆れたように笑いながら切り返す斎川。

二人を前にした遥大は、そんな場合ではないのに……込み上げてきた笑いを噛み殺すことができなくなってしまった。

「っふ……っく、くくく……っ、ホントに、仲……いいんだ。性格、正反対なのに、おかしい……っ」

耐えられなくなって肩を震わせる遥大に、斎川は大きなため息をつく。高儀は、笑われたことに不快そうな顔をするでもなく、不思議そうにこちらを見ていた。

「笑われるような話だったかな？」

「おまえ、本当にバカだな。でも……いいもの見せてもらって、俺は大満足だ。恋愛絡みで必死になったおまえなんて、一生見られないと思ってたからなぁ。コレは祝儀だ」

笑って冗談を口にした斎川は、スーツのポケットから茶封筒を取り出したテーブルの上に置いた。

目で、開けろ……と促されて、遥大は恐る恐る折り返されているだけの封を開けて中の書類を取り出す。

「え、こ……れ」

この家の、権利書……か？

遥大が慌てて顔を上げたのと、斎川がソファから腰を浮かせるのは、ほぼ同時だった。

やれやれ……などと言いながら両腕を頭上に伸ばし、遥大と高儀を見下ろす。

「じゃ、続きは二人でごゆっくりどうぞ。なかなか楽しかったぞ」

「……あんた、最初からこのつもりだったんじゃないか？　じゃなければ、こんなまだるっこしいこと……しないだろ。あっさり、権利書を渡してきたり……も」

斎川を見上げた遥大は、頭の隅に湧いた疑問をそのまま口に出す。

長いつき合いだと言っていた斎川は、きっとあの肖像画の少女に対して高儀が特別感を抱いていたことを知っていたのだ。

高儀が、その肖像画の少女にそっくりな遥大に興味を持つことも予想していて、あんなふうに引き合わせたに違いない。

今の、この結末まで予期していたかどうかはわからないが……もしそうだとしたら、少し怖い。

複雑な顔をしているだろう遥大を、斎川は薄く笑ったままチラリと横目で見遣る。

「なーにが？　俺はそこにいるバカみたいな善人じゃないから、知らねーよ。収まるところに収まったみたいで、なによりだがな。ま、結婚式には呼んでくれ」

人を食ったような笑みを浮かべたままの斎川は、そんなふざけた台詞を残して応接室を出ていった。

高儀と二人だけで残されてしまい、存在を意識した途端に緊張が戻ってくる。

「遥大くん」

「は、はいっ」

ビクッと肩を震わせて返事をした遥大に、高儀はなんとも形容し難い顔になった。

少し迷うような間があり、

「そちらに行ってもいいかな？」

と、遥大の隣を指差す。遥大がギクシャクと首を上下させると、立ち上がってテーブルを回り込んで移動してきた。

ゆっくりと右隣に腰を下ろした高儀に、ドクンと大きく心臓が脈打った。

少し腕を動かせば、触れる距離に高儀がいる。身体の右側ばかりが気になって、どんどん筋肉が硬くなる。

「君は……ずいぶんと斎川と仲がよさそうだ。斎川も、僕よりずっと素の君を知っているのだろう」

ポツポツと、遠慮がちに話しかけてきた高儀の言葉に驚いて、慌てて首を横に振った。

「えっ？　仲よくなんかは、ない……ですけどっ。斎川さんが、昌史さんよりおれを知っているのは、まぁ……そうかも、ですが」

「ほら、また。斎川には、もっと砕けた口調だったのに……僕が相手だと、どこか他人行儀だ」

なに？　まさか、拗ねて……？

恨み言のようなものをぶつけてくる高儀に、しどろもどろになって言い返す。

「って、それは仕方ないでしょう。ずっと、女の子のふりをしなきゃって思ってて……おれの、空回りだったみたいだけど」

とっくに高儀には正体を知られていた……今も、素の自分で接しているからと言って、そんなに簡単に切り替えられるわけがない。

遥大が答えると、高儀は大きく肩を上下させて深いため息をついた。

「そうだな。すまない。これは、君たちの仲のよさに対する嫉妬だ」

「は……あ」

真面目な口調と顔でそんな言葉を聞かされて、気の抜けた相槌《あいづち》になってしまった。

遥大が男だと知っても、騙す気で近づいたことを知っていても……この人は、全然変わらない。

「改めて、交際を申し込みたい。他のことは考えず、僕をどう思っているか……それだけで、答えてくれるか」

「……ん」

改まった調子で切り出され、顔を上げて目を合わせる。

そっと遥大がうなずいたのを確認して、高儀が言葉を続けた。

「遥大くんが好きだ。僕の恋人になってくれないか？」

真正面から、照れも躊躇いも感じさせずに告げてくる。

心臓が、とんでもない速さで脈打っているのを感じた。顔だけでなく、身体中がカーッと熱くなる。

でも、恥ずかしいから逃げ出そうとしたり、照れ隠しのために言葉を濁したりすることは、できなかった。

この高儀の真摯さには、きちんと向き合わなければならないと、彼よりずっと子供の遥大でもわかっている。

「おれ……おれも、昌史さんのこと、好きです。えっと……女の子じゃなくてもいいのなら、はい」

なんとか答えた途端、グッと身体を抱き寄せられて目を白黒させた。

高儀が、感情に突き動かされている？　そんなふうに自分がさせているのだと思えば、ますます動悸が激しくなった。

「昌史、さん」

小さく名前を呼んだ瞬間、今度は勢いよく身体を離された。遥大の両肩を掴んだ高儀は、しどろもどろになりながら早口で話し出す。

「っ、あ……すまない。つい、あまりにも君が可愛くて、と……不埒《ふらち》な行動に出ていながら、責任を押しつけるような聞き苦しい言い訳だな。恥ずかしい」

彼らしくなく動揺する姿を目の当たりにして、逆に遥大は冷静になった。

……どうしよう。

自分などとても及ばない大人の男の人が、言葉では言い表せないほど可愛く見える。

「なんで、謝るんだよ。おれ、嬉しいけど？」

肩に乗せられている高儀の左手の甲に、自分の左手を重ねた。そこから伝わってくるぬくもりが、胸の奥をジワリと熱くする。

「あの日のキス、も……嫌じゃなかった。ドキドキ、しただけで」

それが誘う仕草だと、わかっていながら高儀の目を覗き込んだ。

稚拙《ちせつ》な誘惑など一蹴《いっしゅう》されるかと……不安になったところで、高儀は拙《つたな》い罠《わな》に自ら足を踏み入れてくれる。

「……ん」

優しい感触とぬくもりに、伏せた瞼を震わせた。

触れるだけのキスはすぐに解かれてしまい、ゆっくりと両腕の中に抱き寄せられる。

まるで、壊れ物のように大切そうに扱われることの恥ずかしさに、高儀に身を預けた遥大は細く息をついた。

そうして、ゆったりとした心地よさに浸っていたけれど……。

「近いうちに、改めて……お母様にご挨拶させてもらおう。あと、自宅に関することを含めてなにかしら不当な扱いを受けているのなら、差し出がましいと思うが僕に手助けをさせてもらいたい。そちらも、後日で構わないので一度きちんと話を聞かせてくれるか？」

頭のすぐ脇から聞こえてきた高儀の言葉に、目を開く。

なんだか、妙な言い回しが聞こえなかっただろうか。

「な、なにそれ。なんか……息子《むすこ》さんをくださいって、感じ？」

ドキドキしながら、軽口を返す。

こんなふうに手放しで庇護されることに慣れていないので、そうして茶化さなければ恥ずかしさのあまり憤死してしまいそうだった。

狼狽《うろた》えている遥大をよそに、高儀はやはり真面目な調子で返してくる。

「僕は、そのつもりだが。まぁ、現在の日本では同性のあいだで婚姻という形を取ることはできないのが残念だな。本気で君が好きだと、言っただろう？」

「……は、はは……真面目、ですね」

「融通が利かなくて、バカ正直？　斎川によく言われる言葉だ」

斎川。その名前に、遥大は「あ」と大きく目を瞠った。

もしかして、だけれど。

「あの人、昌史さんの性格を知っててあんな煽《あお》るような言い方をしたんだ。ていうか、わざと？」

結婚式には呼んでくれ、と。

あの男があんなふうにヒントを与えたせいで、高儀がこんなことを言い出しているのでは。疑い出すと、そうとしか思えなくなってきた。

あの酔狂な男は、とことん遥大たちで遊ぶつもりか。

「さ、斎川ぁ……」

遥大は恨みをたっぷりと込めた声で名前をつぶやいたのに、背中を抱いている高儀の腕に力が入る。

「ッ、苦し……」

「こんな時に、他の男の名前を呼ばないでくれないか」

見当違いな台詞に、遥大は、この人はもう……と大きな吐息をついて、広い背中を抱き返した。

「おれは、昌史さんのことしか考えてないよ」

意地っ張りな遥大に、素直にこんな言葉を言わせてしまうのは自分だけだと、当の高儀はわかっていないだろう。

「……昌史さんのせいだからな」

なんだか悔しくなって、拳で軽く背中を叩いた。

遥大は八つ当たりをしたのに、高儀は戸惑ったように「すまない」と返してくる。

「だから、なんで謝るんだよ」

気が抜けた遥大は、さっきは叩いた背中を今度はゆっくり撫でながら、唇に密やかな笑みを滲ませた。

生真面目ロミオ

十月も半ばを過ぎ、夏の名残《なごり》はすっかり消えた。駅前の広場に植えられている木の葉も色を変え始めていて、頬《ほお》を撫《な》でる風は完全に秋のものだ。

「朝、天気予報で言ってたより涼しい」

駅から出たところで立ち止まった遥大《はると》は、制服のブレザーの下にパーカでも着ておくべきだったか……と、小さく肩を震わせた。少しばかり肌寒《はだざむ》くても、ずっと屋外に立っているわけではないから大丈夫だろうと、止めていた歩みを再開させる。

「あっ、もう来てる」

待ち合わせ場所に立っている長身を目に留めて、足の運びを速くした。

濃色のスーツにトレンチコートという装いの高儀《たかぎ》は、端整な容貌《ようぼう》に加えて姿勢がいいせいで佇《たたず》まいが上品だ。

「相変わらず、目立ってるなぁ」

大勢の人が行き交う駅前広場でも一際目を惹《ひ》くと、感嘆の息をつく。

特に……女性は、祖母世代の人から中学生くらいまで、年代を問わずチラチラ視線を向けているのがわかった。

「こんなふうに昌史《まさふみ》さんを見るの、久し振りだ」

ここで頻繁に待ち合わせをしていたのはそれほど遠い過去ではないのに、夢の中の出来事のようにぼんやりとしている。高儀に対する隠し事のなくなった今は、休日にどこか出かけようとなれば自宅まで車で迎えに来てくれるので、こうして駅前で落ち合うのは随分と久し振りだ。

出逢《であ》った時、遥大は少女であるよう偽装していた。失いかけた自宅を取り戻すため、そうして高儀を騙《だま》そうとした。うまく取り繕《つくろ》えていると思っていたのは遥大だけで、実際の性別が男であることは随分と早い段階で見抜かれていたのだと……そう知ったのは、一度「さようなら」を告げた後だ。

性別も、名前も、いろんなものを嘘《うそ》で固めていた時は、知られてはいけないことばかりだった。

お昼にここで落ち合って海際の別荘へ行き、今はもういない高儀の祖父と三人で数時間を過ごして夕方にはまたここで別れて……と、遥大にとって楽しくて苦しい記憶がたっぷり詰まった場所だ。

どうしても表情が硬くなるのが、自分でもわかる。

「遥大くん！」

けれど、遥大に気づいた高儀が嬉《うれ》しそうに笑ってくれるから、遥大も笑みを浮かべて駆け寄ることができる。

「ごめん。昌史さん、相変わらず早いね。長く待たせちゃった？」

いつも、高儀は先に来て遥大を待っている。たまには、自分が高儀を待ち構えようと十五分前に着いたのに……今日も遥大の完敗だ。

「謝らなくてもいい。仕事が早く片づいたから。ここで、君を待つのは楽しいよ。『ハルカさん』を待っていた時は、男性陣の羨《うらや》む目が心地よくて……今は、同じ年くらいの女の子たちが君を見ている。制服、衣替えになったんだね。ブレザーも似合うな」

生真面目《きまじめ》な高儀は、どんな時でもなにを口にしても、真《ま》っ直《す》ぐだ。

微塵《みじん》も照れを感じさせない言葉は、意地っ張りで素直になれない遥大にはやたらと恥ずかしい。

「……女の子が見てるのは、昌史さんだよ。おれなんか、添え物。牛丼の紅ショウガとか、カレーのらっきょうだろ」

だからそうして照れ隠しを図ったのに、大真面目な高儀には通じないようだ。

不思議そうな顔で、唇《くちびる》を尖《とが》らせている遥大に言い返してくる。

「紅ショウガやらっきょう、嫌い？　斎川《さいかわ》なんかは、邪魔だろうと子供みたいに好き嫌いを口にするけど、僕は、切っても切り離せないものだと思っている。遥大くんが僕にとってそうなら、嬉しいね」

変に拗《す》ねて捻《ひね》くれた言い方をした遥大に対するフォローや、惚《とぼ》けた慰めではなくて、本心からの言葉だと逸《そ》らすことのない視線が語っている。

やはり高儀は、いつどんな時でも大真面目なのだ。

遥大は恥ずかしさのあまり、高儀の目から逃れるように足元に目を落とした。

「う……負けた」

ダメだ。やはり、この人には負けてしまう。

はー……と大きく息をつくと、そっと手を伸ばして高儀の着ているコートの袖口《そでぐち》を軽く引っ張った。

「動こう。おれ、ちょっと腹減ったかも」

「ああ……買い物の前に、どこかでお茶でも。気がつかなくてごめん。そうだよな。高校生の男の子は、放課後は空腹なものだ」

「一応、成長期……だから」

移動を急《せ》かすようなことをしてしまった本当の理由は、女性たちに高儀をあまり見られたくないせいだ……と。

そんな思いを、高儀のように素直に口に出すことは、やっぱりできなかった。

□□□

地下駐車場から居室フロアへ上がる高速エレベーターは、ほとんど振動を感じさせることなく停止する。

「どうぞ」

高儀は当然のように、開いた扉に手を当ててエスコートしてくれる。

これは、遥大を女性扱いしているのではなく、自然と出る動作だとわかっているので反発せず素直に受け入れることにしている。

「ありがと、ございます」

でも、こんなふうに大切にされることにまだ慣れない遥大は、おずおずと廊下に足を踏み出した。視界の端でガサッと揺れたのは、輸入食材等を多く扱うスーパーマーケットのロゴが印刷された袋だ。

遥大に続いてエレベーターを出た高儀が手に持っているその袋を見下ろして、ポツリと口を開いた。

「本当に、こんなのでいいのかなぁ」

こうして不安を零《こぼ》すのは、何度目になるだろう。繰り返し心配する遥大に、高儀は面倒がることなく「大丈夫」と同じ言葉を返してくれる。

「遥大くんの手料理なんて……斎川には十分すぎるくらいの謝礼だ。文句なんてあるわけがない」

高儀の口から出た言葉だから、皮肉ではなく本心だとわかる。だからこそ、やっぱり……心苦しい。

「うん……でも、なぁ」

夏の終わり、高儀にすべての事情を話してから一月半。

親戚たちに、遥大や母親が自らの意思で譲渡したのだと偽装されて、不当に詐取される形になっていた不動産や事業に関する配当権は、今は正当な権利として自分たちの元に戻ってきている。

世間知らずで無力な遥大と母親とは違い、高儀は驚くほど迅速にありとあらゆる手続きを執り行ってくれた。きっと、自分の仕事を後回しにしてでも、遥大たちのために素早く行動してくれたのだ。

そうして手を回してくれたのは、高儀だけでない。弁護士や行政書士、不動産鑑定士などといった専門家に詳しい斎川までが色々と尽力してくれたのだと聞いて……なにかお礼をさせてほしいと相談した遥大に、当初高儀は渋い顔をした。

自分も斎川も、最初から遥大から金品を受け取るつもりはないと、取りつく島もなく辞退された。

ではせめて、どこかで食事を……と案を出せば「年長者がご馳走《ちそう》になることはできない」と却下され、途方に暮れた。

どうしても気が済まないのだと、困らせることを承知で我儘《わがまま》をぶつければ、高儀は妥協案を出してくれた。

でもそれが、『遥大くんが、ご飯を作ってくれればいい。うちのキッチンを提供しよう』というもので、謝礼として成り立つかどうか……不安だ。

「斎川も、楽しみだと言っていたよ」

「うーん?」

変な返し方をしてしまったけれど、斎川の『楽しみだ』は、どうにも素直に受け止められない。高儀とは違って皮肉屋で捻くれている斎川のことだから、ニヤニヤと人の悪い笑みを浮かべていたに決まっている。

きっと、遥大に大したものが作れるとは思っていない。どんなものができ上がるのか、意地悪く想像している。

「シチューなんて小学生でも作れるって言われるようなメニューなのに、変に失敗したらみっともないよなぁ」

悔しいけれど斎川の予想はあながち外れではなく、遥大は学校の授業以外でキッチンに立ったことがない。

食事を作ってくれと言われても、メニューの選択肢はカレーかシチューで、凝《こ》ったものを並べて度肝を抜いてやると胸を張れないあたりが一番悔しい。

「心配いらない。君の作るものなら、美味《おい》しいに決まっている。遥大くんのシチュー、楽しみだなぁ」

複雑な顔をしているだろう遥大とは違い、高儀は他意のない口調でそう言って嬉しそうな微笑を滲《にじ》ませている。

きっとこの人は、どんな状態のものができても本心から「美味しい」と言ってくれるに違いない。だから……ますます失敗できないと、更に自身にプレッシャーをかけてしまう。

「おれっ、頑張る！」

高儀の部屋に辿《たど》り着き、ドアを睨《にら》みながら気合いを入れた遥大を、キーケースを手にした高儀は真剣な顔で見下ろしてきた。

「君の頑張りに水を差すつもりはないが、包丁で指を切ったり、火傷《やけど》をしたりしないように……それだけは気をつけるんだよ」

「うん」

高儀を見上げた遥大が素直に心配を受け入れると、ふわりと優しく笑ってさり気なく髪に触れてくる。

「……ん」

優しく触れられるのが心地よくて、遥大は思わず飼い主に撫でられる犬や猫のように目を細めてしまった。

その手は軽く触れただけですぐに離れていってしまい、くすぐったいような余韻だけが留《とど》まっていた。


テーブルにセッティングしてあるのは、バゲットや丸パンを盛った籠と、買ってきたものを移し替えただけのチーズやピンチョスを盛りつけたプレート。あと、高校生の遥大はジンジャーエールだけれど、大人《おとな》二人の前にはシャンパンの入ったワインクーラーにグラス、白いランチョンマットにはカトラリーを並べている。

「どうぞっ」

イスに座って待ち構えている斎川の前にホワイトシチューをよそった皿を差し出すと、興味深そうに湯気の立つ皿を覗《のぞ》き込み……、

「おおお……なーんだ、普通だ」

遥大の被害妄想でなければ、残念そうにぼやいた。

遥大が、その口ぶりはどういうことだと苦情をぶつける前に、斎川の隣に座っている高儀が眉《まゆ》を顰《ひそ》めて発言を咎《とが》める。

「なんだとは、なんだ？　遥大くんの力作だぞ。普通より美味しいに、決まっているじゃないか」

「あー……そいつはすまなかった」

珍しく素直に謝罪した斎川に、高儀はいつになく不機嫌そうな顔をしている。

斎川も気づいているのか、唇の端を少しだけ吊《つ》り上げた。

「高儀、珍しく眉間《みけん》に皺《しわ》ができてるぞ。まぁ、理由はわかるけど。可愛《かわい》いハニーの手料理を他の男に食わせるなんて、本当は嫌で堪《たま》らないよな」

クックッと肩を揺らしながら、そんなふうにからかう斎川に、指摘された眉間の皺を解いた高儀は普段と同じ大真面目な顔と口調で言い返す。

「もちろんだ。だが、遥大くんがそうしたいというのだから、仕方がない。心していただくように」

「……はいはい。では、いただきますか」

からかいがいがなくて、つまらない……と。斎川の顔に大きく書かれているような気がするのは、遥大の錯覚ではないはずだ。

長年のつき合いで、高儀がどんな反応をするかなど予想がついているはずなのに性懲《しょうこ》りなく軽口を叩《たた》くあたり、この男も学習能力が欠けているのかもしれない。

もしくは、今度こそからかいに乗ってくれるのではないかと挑戦しては、撥《は》ね返されているだけか。

傍《はた》から見れば、一人で空回りしているようなものだなぁ……と思えば、憎たらしい斎川がなんとなく不憫《ふびん》になってきた。

「……おおい、遥大。おまえ、なんか妙なこと考えてないか？　憐《あわ》れむみたいな目で、俺を見てるぞ」

「そっ、そんなことないよっ。うん。昌史さんに相手にしてもらえなくて、可哀想《かわいそう》……なんて、思ってるけど」

いつもは、口の達者な斎川に遥大がやり込められているのだ。今が絶好のチャンスだとばかりに、隠しきれない笑みを浮かべて言い返す。

この斎川の嫌そうな顔を見られただけで、大きな収穫かもしれない。慣れない包丁に悪戦苦闘して、「怖くて目を離せない」と脇で見ていた高儀をハラハラさせながらシチューを作った甲斐がある。

「そいつは、フォローになってないだろ。チッ、ここぞとばかりに仕返しか。これで、飯が不味《まず》かったら、冗談じゃなく礼じゃなくて嫌がらせ認定するからな」

ブツブツ文句を言いながらスプーンを手にした斎川が、シチューを掬《すく》って口に運ぶ。さすがに緊張して、無言で反応を窺《うかが》った。

「ん……普通に食える」

一口、二口……大きめに切ってある具材を口にすると、咀嚼《そしゃく》して嚥下《えんか》した斎川は目をしばたたかせてつぶやく。

「だから、どうしてそんな言い方をするんだ。美味しいと、ストレートに褒めればいいだろう。天邪鬼《あまのじゃく》め」

高儀が咎めると、斎川は正面にいる遥大と視線を絡ませてため息をつく。

「そうしよう。美味《うま》いよ、遥大」

「……それは、どうも。腹、壊さない出来なら……よかった」

高儀ならともかく、斎川にそんなふうに言われるのは慣れていないので、切り替えしがしどろもどろになってしまう。

斎川の隣で同じくシチューを口にしていた高儀が、そんな遥大を目にしてほんの少し眉を顰めた。

「斎川に向かって、そんなふうに可愛い顔をしないでほしいな……」

「か、かわい……って、どのあたりを見て言ってんの？　おれは、どちらかと言えば可愛げがない部類に入ると思うけど」

「君は、どんな表情をしてもなにを言っても、可愛いよ」

語った高儀は淡々とした口調だったけれど、聞かされた遥大は、カーッと首から上に血が集まるのを感じた。

あちこち、燃えるみたいに熱い。きっと、頬だけでなく顔全体が真っ赤になっているはずだ。

「うわー……地味に嫌がらせされてる気分だ。目の前でイチャイチャされると、こんなに微妙な気分になるんだな」

しまった。斎川がいた！

こんなに存在感のある大男をうっかり意識外に追い出しそうになっていたと、慌てて居住まいを正した。

焦る遥大とは違い、高儀は彼らしくマイペースに聞き返す。

「嫌がらせ？　どこが？」

「うん、そこが。……腹いっぱいになってきたな」

「おまえ、以前からそんなに少食だったか？　加齢とともに食欲は落ちるというが、それにしても……」

不思議そうに口にして首を捻る高儀は、冗談や皮肉を口にしているわけではない。

斎川も当然、高儀の性格はわかっているはずだ。ため息をつき、諦めたような表情で言葉を返した。

「年寄呼ばわりするな。おまえと同じ年だよ。物理的に満腹なんじゃなくて、感覚的に……ってヤツだ」

「感覚的？　よくわからないが、目の前のものは残さず食べるように。遥大くんに失礼だろう」

「はいはいはい。わかってますよ」

やはり、噛《か》み合っているようでどこかズレている……なんとも微妙な会話だが、仲のよさそうなやり取りだ。

クスリと笑った遥大を、チラリと目を上げた斎川は嫌そうな顔で睨みつけてくる。反して、視線を移した先の高儀は、にっこりと笑い返してきた。

二人を交互に見遣《みや》った遥大は、控え目なようでいて実際に大物なのは高儀のほうだろうか……と、心の中で高儀に軍配を上げた。


食後の片づけは、僕が……と買って出てくれた高儀に甘えることにして、斎川と二人でリビングのソファに移動する。

ちょこんと隅のほうに腰《こし》を下ろした遥大とは違い、斎川は特大の態度で真ん中あたりに座る。すぐさまテレビのリモコンを手にして慣れたように操作する斎川は、このマンションの主《あるじ》が誰なのか混乱するほどの寛ぎようだ。

「ん？　なんだよ」

横顔に遥大の視線を感じたのか、不意にこちらに顔を向けてきた。

目の合った遥大が、「別にっ。なんでもない」と短く言い返せば、ニヤリと嫌な笑みを浮かべる。

反射的に身構えた遥大に笑みを深くして、

「そういやさぁ」

徐《おもむろ》に、なにを言い出すかと思えば……。

「おまえらさ、やってないだろ」

そんな、主語のない一言だ。無言で首を傾《かし》げた遥大は、意味がわかっていない顔をしているのだろう。

奇妙な笑みを深くした斎川は、

「あー……つまり」

そう前置きをしておいて、言い直す。

「まだセックスしてない。当たりだろ？」

ストライクゾーンのど真ん中に投げてくるような直球での言葉に、遥大は目を見開いて絶句した。

メチャクチャな省略をしたかと思えば、今度はド直球。なんて極端な男だ。もしくは、これも嫌がらせを兼ねて遥大をからかっているだけか？

「なんでそんなの、わかるんだっ！　あ……」

勢いよく右隣に身体《からだ》を捻って、噛みつかんばかりの勢いで言い返し……直後、自らの失言を悟る。

「ッ、あははははっ。素直でよろしい。いや、雰囲気っつーか、空気が馴染《なじ》み切ってないからなぁ」

腹を抱えて笑う斎川は、実に憎々しい顔をしている。

ムッと唇を引き結んだ遥大は、ぐぐぐ……と両手を握り締めたけれど、もう下手《へた》に言い返すことができなかった。うっかり発言で、更に深い墓穴を掘ってしまいそうだ。

対抗する代わりに、肩を震わせている斎川から顔を背《そむ》けてポツリとつぶやいた。

「昌史さんてさ……真面目だよな」

「ああ。つーか、良くも悪くも融通の利かん堅物だな」

斎川はしつこく笑いの余韻を漂わせつつ、遥大のつぶやきに答えてくる。

どう言おうかと迷ったけれど、遥大には巧みな言い回しを思いつくことができなくて、頭に浮かぶままを口にした。

「なんか、婚前交渉なんてとんでもない！　そんなのハシタナイ！　とか言い出しそうなくらい……だよね」

「あー……？　まぁ……そうだな。高儀の場合、そう突拍子《とっぴょうし》もない発言じゃないか。おまえ、あいつの性格を的確に捉えてるなぁ」

「………」

さて、続きはどうするか。

うつむいて言葉を探していると、

「僕が？　なんの話だ？」

「っ、うわ！」

ソファの脇から高儀の声が降ってきてビクッと肩を震わせた。

油断していたところに本人が登場した驚きで、心臓が止まりそうになった！

言葉の出ない遥大とは違い、斎川は憎たらしいことにさほど驚いていないらしく、マイペースで答える。

「んん？　なぁ……高儀。おまえってさ、童貞？」

「ッツ！」

斎川の台詞《せりふ》にギョッとして、勢いよく顔を上げる。遥大の焦りは見て取れるはずなのに、飄々《ひょうひょう》とした調子で更にとんでもない一言をつけ加えた。

「って、遥大が心配してたけど」

「な……っっ、なに言ってんだっ、バカ！」

とんでもない言葉の発言者として名指しされた遥大は、慌てて首を左右に振る。

こんな話を聞かされた高儀が、どんな顔でこちらを見ているのか……怖くて、確かめられない。

「今の会話の流れから、そういう意図を汲《く》んだんだが……違うのか？」

「ちが……」

違わない。と、当の高儀を前にしてうなずけるわけがない。

どうして、高儀本人に向かってそんなことを話してしまうのだと、恨みをたっぷり込めた目で右隣にいる斎川を睨む。

言い出したのは遥大のほうなのだから、斎川を恨むのは八つ当たりだとわかっているけれど……。

「面白いな、遥大。高儀が手ぇ出してこない理由を悩んだ挙句、その発想か？」

遥大に睨まれた斎川は、とんでもなく楽しそうな顔をしている。

この男を喜ばせているだけかと思えば、ますます悔しいのに……高儀が傍《そば》で聞いていることで、なんとか言い訳しなければという焦りが勝る。

「だ、だって、そうでないなら、やっぱりおれが男ってことがダメなのかな……って思って。

最初に昌史さんと逢った時、おれ、ジュリエットっぽいドレスで仮装をしてたし。ホントに、女の子って感じで……でも、今みたいに、制服とか見ちゃったら『あ、やっぱ男だったんだ』って我に返ったんじゃないか……とか。クラスの女子が言ってたみたいに、大人は初めてを相手にするのが面倒なんじゃないかとか、なんか……いろいろ」

混乱した遥大は、整理のできていない言葉を次から次へと溢《あふ》れさせてしまう。これでは、まったく言い訳になっていないかもしれない。

もうなにも言えなくなって口を噤《つぐ》むと、視界の端に映る斎川は自分の膝《ひざ》を摑《つか》み、声を押し殺して笑っていた。

「……変に我慢されるより、爆笑してくれたほうがスッキリするんだけど」

斎川には文句をぶつけたけれど、高儀は、どんな反応をしているのか……やっぱり怖くて顔を上げられない。

「あー……苦し。最高だな、遥大。こんなに笑ったの、どれくらい振りだろ。おまえ、すげーよ」

ひとしきり笑った斎川は、息を整えて遥大の肩をバシバシと叩いてきた。

痛い。なにより……。

「嬉しくない。それ、褒め言葉じゃない」

遥大はムスッとした声でつぶやいたのに、斎川は上機嫌をそのまま表した弾むような調子で言葉を続ける。

「なるほどねぇ。初めの二つはどうにもしてやれないが、最後のやつなら協力してやれるかもしれんぞ。自慢だが、俺は、自他ともに認める女好きだ。男なんか、どんなに頼まれてもごめんだが……」

そこで言葉を切り、マジマジと遥大の顔を見詰めてくる。

頭の天辺から、足元まで。無遠慮に、じっくりと検分するような目で眺《なが》めて、ふっと唇を綻ばせた。

「おまえなら抱けそうだな。うん。いける。いろいろとレクチャーしてやるから、是非ジュリエットバージョンで頼む。想像したら、本物の女より倒錯的でヤラシーかもなぁ」

「ふ、ふざけやがって」

人の悪い笑みを浮かべたまま、勝手なことを並べ立てる斎川にプルプルと握り拳《こぶし》を震わせた。もっと、力いっぱい反発してやりたいのに、憤りのあまりどんな言葉をぶつければいいのかわからない。

なにより、どうして高儀はなにも言ってくれない……？　まさかと思うが、それは名案だと斎川に同意している……とか。

遥大の中にそんな不安が湧《わ》いたのを見透かしたようなタイミングで、斎川が高儀に話しかけた。

「さっきから、ずっと黙ってるが……それでいいのか？　ヘタレロミオ」

ソファの脇に立っているままの高儀を仰《あお》ぎ見て、楽しそうに口を開く。遥大は、ビクッと肩を強張らせて、制服のズボンに包まれた自分の膝を凝視《ぎょうし》した。

息を詰めて耳に神経を集中させているのに、高儀はなにも言ってくれない。

やはり、こんなふうにぶつぶつ不満を零すこと自体が面倒な子供で……斎川に押しつけようとか、思っている？

聞きたいのに、聞けない。怖くて、確かめられない。自分は、いつからこんなに憶病《おくびょう》になった？

遥大が両手を更に強く握ったところで、感情を抑えたような硬い高儀の声が頭上から落ちてくる。

「怒る前に確認だ。本気じゃないだろう、斎川」

「さぁ？　おまえの返答如何《いかん》では、本気で検討するが。据《す》え膳《ぜん》を前にした我慢大会は、楽しいか？」

軽く言いながら、斎川の腕が遥大の肩に回され……その手に触れられる直前、スッと空気が動くのを感じた。

「触るな！」

「イテテ、怪力っ。おまえに手を握られても、嬉しくねぇ。わかったって。おまえの大事な遥大クンに触ったりしないから、離せよ」

なにかと思えば、険しい表情の高儀が遥大に触れようとしていた斎川の左手を握り締めている。

その手を解放された斎川は、ぷらぷらと振りながらソファから立ち上がった。

「あー、面白かった。これ以上バカップルのあいだに割り込んだら、馬じゃなくて高儀に蹴《け》られそうだから帰るとしよう。遥大、飯も美味かったけど最高の礼をアリガトウ。また笑わ……食わせろよ」

背中を屈《かが》めた斎川が、笑いながら遥大に顔を寄せてくる。その頭を、グーッと押し戻したのは、高儀だった。

「……だから、遥大くんに必要以上に近づくな。今回は特別だ。今後はもう、そんな機会はないと思え」

「そんな怖ぇ顔で睨むなって。心が狭い男だな。据え膳を見て見ぬふりをするヘタレロミオって言われるのが悔しいなら、甲斐性《かいしょう》を見せろ。あ、事後報告は不要だからな。勝手に想像させてもらう」

とんでもない台詞に、遥大は頬を引き攣《つ》らせた。

咄嗟《とっさ》に言葉が出てこなくて、冗談じゃない！　と遥大が言い返すより先に、高儀が答えてしまう。

「事実無根の珍妙な想像をされるくらいなら、レポートを提出したほうがいいような気もするが」

「や……やめてください」

この生真面目な人なら、本当にやりかねない。そんな危機感が、呆然《ぼうぜん》としていた遥大の頭を現実に引き戻してくれる。

ククククッと笑った斎川が、ポケットから革のキーケースを取り出して遥大に手を振った。

「じゃーな、頑張れよジュリエット」

「誰がジュリエットだっ」

「あ、おい斎川……おまえ、シャンパン飲んでるだろう」

高儀が、出ていきかけた斎川の背中にハッとしたように声をかける。

そうだった。大人二人は、シャンパンを……結構な量、飲んでいたはずだ。

斎川は、リビングと廊下の境で足を止めて振り向いた。

「代行を使う。気を遣って退散してやるんだから、そこの面白い方向に暴走しているジュリエットをきちんとフォローしてやれよ、ヘタレロミオ」

そんな言葉を言い残し、今度こそ視界から姿が見えなくなった。

数秒後、玄関の扉が閉まり……オートロックのかかる音が、かすかに聞こえてくる。

一人で賑《にぎ》やかにしゃべっていた斎川がいなくなると、シン……と気まずい沈黙が漂った。

「あ……の」

息が詰まりそうな、なんとも形容し難《がた》い緊張感に耐えきれなくなり、恐る恐る高儀を見上げる。ちょうど高儀も遥大に視線を移したところで、覚悟を決める前にバッチリと目が合ってしまった。

「遥大くん」

「は、はいっ」

静かに名前を呼ばれ、ビクッと小さく身体を震わせる。

顔を見ているだけでは、なにを思っているのか読むことができない。声も、普段と同じ穏やかなものだ。

怒っているようでもないし、呆《あき》れている雰囲気でもなく……わからないのが、怖い。

「隣、座ってもいいかな?」

「どうぞっ。……ていうか、ここは昌史さんの家なんだから、おれに断る必要なんかないだろ」

斎川の図々《ずうずう》しさを考えれば、あの男と高儀を足して二で割ったくらいが、ちょうどいいのではないだろうか。

そう思い、ほんの少し身体を横にずらした。高儀はなにも言わず、遥大の右隣にゆっくりと腰を下ろす。

高儀の気配が、近い。ついさっきまで、斎川も同じくらいの距離にいたはずなのに……全然違う。

斎川のことは、こんなふうに意識しなかった。でも、相手が高儀だと全身で存在を感じる。息遣いまで聞こえてきそうで、心臓がドクドクと鼓動《こどう》を速めた。

この人が特別なのだと、今更ながら再認識してしまう。

「遥大くん、その……斎川が言っていたことだが」

「ごめんなさいっ」

高儀の言葉が終わるかどうか……というタイミングで、ガバッと頭を下げた。

なにか言われる前に、先手必勝とばかりに謝ってしまおう。こんなふうに遥大が小さくなっていれば、高儀は意地悪く追及しようとしない……そんな計算が働いた上での、ズルい行動だ。

「謝ることはない。それより、続きだ」

けれど、予想外のことが起こる。浅はかな遥大の思惑は外れ、高儀は引き下がってくれなかったのだ。

「は……い」

これではもう、逃げられない。そう覚悟を決めて、うつむいて身を縮めたままコクンとうなずいた。

目に映る制服のズボンを睨みつけ、高儀の声に耳を澄ませる。

「どこから話せばいいかな。ああ……ひとまず、誤解を解かせてくれ。申し訳ないが、僕もこの年齢なので……それなりに女性とおつき合いをしたことがある。不誠実なつき合いはしていなかったつもりだが、先方はどう思っているか確かめる術《すべ》はないな」

「そんなのっ、心配しなくていいと思う」

夜道でいつか刺されそうな斎川ならともかく、高儀に関しては過去につき合いのあった人に遺恨があるのではないかという心配は、不要だ。

高儀の『過去のつき合い』が気にならないと言えば、嘘になるけれど……一回りも違うのだから、なにもないと言われたほうが不審だったかもしれない。こうして正直に話してくれるのは、高儀の誠意だ。

「……変なこと考えて、ごめんなさい」

チラリと頭を過《よぎ》った下世話な疑惑を、改めて謝罪する。斎川を面白がらせた上に、高儀には変なことを考える子供だと呆れられたかもしれない。

「おれ、バカだって思うよね。恥ずかし……消えちゃいたい」

「消えられたら、困るな。そんなことにならないよう、見張らせてもらおう」

「え……！」

言葉の終わりと共に、不意に肩を引き寄せられて、驚きのあまり目を見開いた。高儀にもわかるほど身体を強張らせているはずなのに、手を離すどころか両腕でしっかりと抱き込まれてしまう。

「昌史、さんっ。そんなことしなくても、消えない……おれ、超能力者じゃないし消えられないから」

「ああ、わかっている。僕が、君を抱き締めたくなっただけだ」

高儀のことだから、本気で遥大が消えるのではないかと心配しているのでは？　と思ってしまった。

「そ……っ、れなら、う……ん。はい。どうぞ……っ」

消える心配をしているのではなく、ただ抱き締めたかったのだと告げられて、しどろもどろに答えてうなずく。

斎川は遥大に、『あいつの性格を的確に捉えている』と嬉しいことを言ってくれたけれど、未《いま》だに高儀の言動は予想外なものばかりで、遥大はドギマギさせられる一方だ。

「あとは……ああ、やせ我慢して据え膳から目を逸らすヘタレと言われたのか。それには、いくつか言い訳がある」

遥大を両腕で抱いたまま、静かに語る高儀の言葉を一つも聞き漏《も》らさないように、息を詰めて耳に意識を集中させた。

数十秒、どう言い出そうかと考えているような間があり、小さな吐息をついた高儀が言葉を続ける。

「一つは、四十九日までは自重するべきかと思ったんだ。遥大くんに無体なことをするなと、頭上から祖父の拳骨《げんこつ》が落ちてきそうだから」

「あ！」

四十九日。そのキーワードが意味するものは、物知らずの遥大にもわかる。

そうだった。高儀の祖父が彼岸《ひがん》に旅立ったのは、つい最近……夏も終わりに近づいた頃なのだ。

共に過ごしたのは短い期間だったけれど、少し頑固で優しい老紳士とのティータイムは心落ち着く時間で、すごく好きだった。

高儀の前では、気難しそうな顔をしている。でも、遥大には相好を崩す晋一郎は遥大にとっても大切な人だったのに、自分のことばかり考えて頭の隅に追いやろうとしていたなんて……最低だ。

「ご……ごめんなさいっ。おれ、無神経で考えなしの……バカな子供だ」

自己嫌悪のあまり、うまく言葉にならない。胸が苦しくなり、グッとシャツの胸元を握り締める。

すると、高儀は、

「気に病むとわかっているから、君には言わずにいようと思っていたんだが……うまく言葉を選べなくて、僕こそすまない。配慮が足りないな」

と、申し訳なさそうに口にする。

どうして、高儀が謝るのだろう。そんなふうに言われてしまったら、遥大はもうなにもしゃべれなくなる。

高儀の腕に抱き込まれたまま無言で首を左右に振っていると、宥《なだ》める仕草で軽く背中を叩かれた。

「理由は、それだけじゃない。遥大くんは悪くないから、顔を上げてくれるかな。さっきから僕は、君のつむじばかり見ている」

少し弱った声でそんなふうに促され、覚悟を決めた。ふっと息をついた遥大は、恐る恐る顔を上げて高儀と視線を絡ませる。

恐れていた呆れの色は……ない。面倒そうな、疎ましがっているような、嫌な空気も微塵も纏《まと》ってはいない。

ただ、普段と変わらない優しい目で遥大を見ていた。

「制服姿の君と、逢うようになって……高校生の男の子だったんだな、と改めて実感したのは事実だ」

「……うん」

小さくうなずき、自分の胸元に視線を落とした。

調理や食事の邪魔になるから、ブレザーを脱いでネクタイも抜いてある。肘下《ひじした》まで袖を捲《まく》った長袖の白いシャツに、タータンチェックのズボン……身体のラインを一切隠すことのできないシンプルな装いは、遥大が少女ではないことをあからさまなくらい示している。

誰がどう見ても、今の遥大は男子高校生だ。

女の子だったらよかった、とか……女の子になりたいと思ったことはない。でも、高儀は実際のところどうだろう？

黙り込む遥大の背中を、大きな手がポンポンと叩いた。

「誤解しないでほしいんだが、問題は遥大くんが男の子というところではない。男や女という性別は関係なく、君自身に惹かれたんだ。ただ、高校生だと認識していながら、何度も手を伸ばしかける自分が……大人として、どうだろうとは思ったが」

自嘲《じちょう》の滲むつぶやきと苦笑は、高儀らしいものだった。

心臓が、これまでよりずっとドキドキしている。密着した胸元からは、薄いシャツを通して高儀の体温と鼓動が伝わってきて……胸の奥が熱いなにかでいっぱいになる。

黙り込んでいてはダメだ。なにか言わなければならない。でも、喉《のど》に声が詰まっているみたいで、うまくしゃべれない。

頭の中には、「どうしよう」ばかりがグルグルと巡っている。

「斎川の言葉ではないが、これがヘタレというものか？　こんなふうに憶病になる自分を、初めて知った」

高儀の言葉に、ハッと顔を上げてコホンと空咳《からせき》をすると、ようやく喉に詰まっていた声が出た。

「へ、ヘタレがどんなものか……おれも、具体的にはよくわかんないけど。昌史さんは、違う……と思う」

斎川の口ぶりだと、あまりいい印象ではなかったが……後で辞書を引いて、きちんとした意味を調べてみよう。

しどろもどろに言い返す遥大に、高儀は苦笑を深くした。

「あとは、そうだな。この際、格好つけるのをやめて……洗いざらい曝《さら》け出してしまうのが遥大くんへの誠意か」

微笑を消した高儀の口から出る言葉は、今度はなにか。改まった空気に、再び緊張が込み上げてくる。

深く息をついた高儀が、抱き込んでいた遥大の身体から手を離した。怖いのに、どんな顔をしているのか確かめずにいられない。

そっと顔を上げて、隣の高儀と視線を絡ませた。

「君は、誰とも抱き合ったことがない……だろう？」

潔いという形容詞がピッタリの高儀が、こんなふうに迷いを感じさせる口調で問いかけてくるのは珍しい。

これが斎川の口から出たものなら、また遥大をからかおうとしているのだろうと憤慨するけれど、相手が高儀だと大真面目に尋ねてきているのだとわかるから、コクンとうなずいた。

「……うん。き、キス……も、昌史さん、だけ。他は、知らないし……知りたいとも思わないけどっ」

次から次へと数を重ねる恋愛遍歴を、武勇伝の如《ごと》く語るクラスメートもいる。でも遥大は、それを格好いいとは思わないし、彼女のいない自分を恥ずかしいとも感じなかった。

スマートフォンのアドレス帳を埋める、たくさんの人はいらない。大切にしたい特別な一人がいればいい。

いつか、そんな人に出逢えるだろうと漠然と考えていて……まさかそんな『特別』が、一回りの年上の同性だとは想像もしていなかったけれど。

「なにもかも、昌史さんが初めて……って、お、重い？　面倒だったら、そうだ。やっぱり斎川さんに」

「ダメだ」

硬い声で言葉を遮られ、グッと息を呑《の》んだ。

そろりと見上げた高儀は、いつになく険しい顔で遥大を見据えてくる。

「冗談でも、やめてほしい。想像するだけで、斎川を殴《なぐ》りつけそうだ」

いつも落ち着いていて、理性的な人が……感情的な行動など取るわけがない。殴るという行為と高儀など、対極に位置する。

しかも、想像するだけで？

……ますます、あり得ない。

「まさか、昌史さんがそんな」

そう首を横に振る遥大から、高儀が目を逸らした。

いつも真っ直ぐに人を見る高儀が、気まずそうに目を逸らすなんて……と言葉を失う遥大を前に、自嘲気味に零す。

「やりかねないな。君に関することになれば、僕の理性など脆《もろ》いものだ。斎川にも、心が狭いと言われただろう」

「でもっ、そんなの」

「遥大くんは、自分がどれほど僕の心を占めているのか……わかっていないだろう。君を前にしたら、ズルくて、臆病で……無様なばかりだ」

唇の端をほんの少し吊り上げて、苦い表情でそうつぶやく。

こんな顔の高儀を目にするのは、初めてだった。自分とは比べ物にならないほど大人の男が、小さな子供みたいに見えて……胸が苦しい。

今まで誰にも感じたことのないこの感覚を、どう言えばいいのだろう。くすぐったくて、可愛くて、胸の中が温かいもので満ちるこれは……愛《いと》しさと呼ぶものなのかもしれない。

一言も言葉を返さない遥大がどんな顔をしているのか、高儀にはわからないはずだ。苦しそうな表情のまま、自棄《やけ》になったかのように話し続ける。

「露骨な言い方をするが、セックスなど綺麗《きれい》なものじゃない。剝《む》き出しの欲望をぶつけて、嫌われたくない。傷つけたくない。怖がらせたくない。大切にしたい……のに、触れたくて堪らなくなる。自分でも、どうすればいいのかわからなくて……挙げ句、こうして君自身に話してしまうなんて愚かの極みだ」

うつむいた高儀は、遥大の目から隠すように片手で自分の顔を覆う。

懺悔《ざんげ》するかのような姿に、胸が痛くなる。なにか言わなければ。でも、なにをどんなふうに告げればいい？

迷うばかりで唇を嚙《か》んでいると、高儀は大きく肩を上下させる。顔を隠していた手を下ろし、落ち着きを取り戻した声で口にした。

「こんなことを聞かせて、すまない。もう夜も遅い。タクシーの手配を」

「やだ」

ソファから立ち上がりかけた高儀の腕を、咄嗟に摑んで引き留めた。

ビクッと身体を震わせて動きを止めた高儀が、怪訝《けげん》そうに遥大を見下ろしてくる。

「……え？」

よかった。やっと、目が合った。

そう安堵《あんど》した遥大は、高儀から視線を逸らすことなくズボンのポケットからスマートフォンを取り出した。逃がすものかと左手で高儀の腕を摑んだまま、もたもたと膝に置いたスマートフォンに指を滑らせて耳に押し当てる。

呼び出し音が途切れると、困惑の表情を浮かべている高儀に小さく笑っておいて、口を開いた。

「もしもし、真砂子《まさこ》さん。遥大です。今日は遅くなりましたので、このまま高儀さんのお宅に泊めていただくことになりました。……はい。母さんにも、そう話しておいてください。戸締り、お願いします。では……おやすみなさい」

すぐ傍で真砂子と会話を交わす遥大の言葉を聞いていた高儀は、じわじわ目を見開いて驚きの表情を浮かべた。

遥大は、用が済んだスマートフォンをテーブルに置き、高儀に向き直って真っ直ぐにその目を覗き込む。

「これで、家に帰れない。おれ、ここで昌史さんに追い出されたら……どこにも行くところないよ。財布の中身、確か千円くらいしかなかったからネットカフェも無理だし。朝まで、公園か駅前で時間を潰さなきゃ……」

「遥大くん」

短く名前を呼ばれ、ピタリと口を噤んだ。

子供じみた我儘を通すべく、強硬手段に出た遥大に怒っている？　それとも、呆れている？

遥大自身でさえ、これまで知らなかった自分の強引さと身勝手さに驚いているくらいだから、高儀はもっと眉を顰めているかもしれない。

そう、懸念していたのに……高儀は遥大の恐れとは正反対の言葉を口にした。

「君は、本当にもう……。たおやかで儚《はかな》げかと思えば、芯《しん》が強くて凛々《りり》しくて……庇護《ひご》など不要とばかりに、強く美しい。初対面の印象が薄れるどころか、ますます鮮やかになって眩《まば》しいくらいだ」

本当に眩しいものを目にしているかのように、目を細めて遥大を見ている。

自分の身には過ぎる称賛に、照れよりも畏《おそ》れ多いという奇妙な思いが湧き上がり、勢いよく首を横に振った。

「っ、おれにそんなこと言うの、昌史さんだけだよっ！　全然、そんな綺麗な人間じゃないのに。どうしたら誘惑できるか、……その気になってもらえるか、そんなハシタナイことばかり考えてるんだ」

「では僕は、もっと破廉恥《はれんち》な男だな。四十九日が過ぎたことだし、今なら誰にも咎められることなく君を寝室に誘えるかと……邪《よこしま》な欲望で頭がいっぱいだ」

そっと両手で頬を包み込まれて、不安に揺らぐ目で高儀と視線を絡ませる。

邪な欲望？　高儀の真っ直ぐな瞳には、なんてそぐわない言葉だろう。

コクンと喉を鳴らした遥大は、ギュッと高儀の手首に指を絡ませて震える唇を開いた。

「おれに、その気になれる？」

「申し訳ないけれど、愚問だ。君以外に、これほど理性を乱されたことはない。僕が頭の中でなにを考えていたか、今も、手元で感じる体温にどれほど劣情を掻《か》き立てられているか……君に知られたら、確実に嫌われるだろう」

唇の端に苦い笑みを滲ませて、苦しそうに告白する。

そんなふうに言いながら、高儀はやはり清廉な空気を纏っていた。理知的で端正な佇まいに劣情という単語は、違和感ばかりだ。

「嫌うかどうかなんて、されてみないとわかんないよ。だ、から……だから、試してみるだけでも、いいし」

反して、必死で拙《つたな》い誘いを繰り返す自分は、どれほどの醜態を晒《さら》しているのだろう。

それでも……どんなにみっともなくて滑稽でも、いつかとかそのうちではなく、遥大は今すぐ高儀が欲しかった。

もっと、強く……深く感じて、これまでにない高儀を見たい。高儀自身でさえ知らないものまで、自分のものにしてしまいたい。

「おれは、なにされても絶対に嫌ったりしない。昌史さんが想像と違うって思って幻滅したら、途中でやめればいいから……っ」

きちんと伝えたいのに、感情が昂《たかぶ》るあまりうまく言葉にすることができなくて、もどかしい。

焦燥感を持て余している遥大に、高儀は真摯《しんし》な表情と声で続ける。

「そんな気遣いは無用だ。一度触れてしまえば、手を引く自信はない。そうわかっていたから……触れないよう、自制していたのに」

「おれが、悪いってことにしていいよ？」

「なにを言っている、と咎める権利はないか。……遥大くんにそんなことを言わせたのは、僕だ。甲斐性なしと笑われても反論できない、な」

ふー……と大きく肩を上下させた高儀は、瞳に鋭い光を浮かべて遥大を見下ろしてきた。

高儀の手首を握っていた遥大の手を逆に包み込み、自分の口元に運んで指先にそっと唇を押しつける。

「寝室に誘っても……いいかな」

「っ……」

恭《うやうや》しい仕草と、ストレートで大真面目な誘い文句に、クラリと眩暈《めまい》に襲われた。

高儀以外の人間にこんなことをされたら、気障《きざ》さのあまり気が遠くなりそうだ。それ以前に、バカにしているのかと憤慨するかもしれない。

でも、高儀だから……そんな懸念はチラリとも湧かない。どれほど恥ずかしくても、遥大も大真面目に応えなければならないとわかっている。

「は、い。おっ、お願いします」

両手を大きな手に包み込まれたまま、高儀に向かって頭を下げる。

キュッと高儀の指に力が込められて、高儀が腰かけていたソファから立ち上がる。

「では、案内を」

促す仕草でそっと手を引かれ、うなずきを返した遥大も腰を上げた。

傍から見れば奇妙なやり取りかもしれないが、高儀はもちろん遥大も真顔で真剣だった。


照明を最小限まで絞った薄暗い寝室に、シーツの上で手足が滑る音と熱っぽい息遣いが満ちる。

「ッ、ふ……、ぁ、ぁ……ッ、ヤダ、それ……もっ、ぅ」

高儀の指がどこにあって、どんな動きをしているのか。

完全に意識を飛ばせたらいいのに、あまりにも優しく触れられるせいでそうできない。粘膜の壁に指の腹を押しつけられるわずかな動きも、生々しく体感することになる。

開かれた膝のあいだに高儀が身体を割り入れているせいで、脚を閉じることもできない。ぬめりを帯びた指がゆっくりと抜き差しされるたびに、粘着質な音がかすかに耳に入り、堪らない羞恥《しゅうち》に苛《さいな》まれた。

遥大が、身体を捩りながら繰り返し「もういい」と訴えても、高儀は解放してくれなかった。

「もう少し、触らせて。まだ……これでは、君を傷つける」

「でも、う……ン」

きっと、高儀の手や口づけに翻弄《ほんろう》される遥大の肢体《したい》や表情までもが、すぐ近くにいる彼の目には捉えられている。

それが恥ずかしくて、遥大は自分の顔の上に右腕を置いた。

「顔を……隠さないでほしいな」

「やっ、だ。なんか……ぜっ、たい、おれっ、変な顔して……る、から」

一切取り繕うことのできない顔を、高儀の視線に晒すのが、怖い。

ノーブルなスーツやタキシードといった正装まで見事に着こなす高儀は、きっと肩幅があって胸板も厚い、日本人離れした体型だろうと漠然と考えていた。

実際に裸体を目にすると……そうして服の上から予想していたより、遥かに均整の取れた骨格に程よい筋肉が乗った、男として理想的ともいえる体格を誇っていた。

骨格からして違うのか、遥大は高儀とは比べ物にならないくらい胸板も肉付きも薄くて貧相で、目の前の高儀に対する憧憬と劣等感が入り混じってぐちゃぐちゃだ。

その上、快楽を与えられる一方になっていて、もうわけがわからない。

「顔も……身体も、全部……みっともないっ」

震える声で泣き言を零すと、強い力で腕を摑まれて、高儀らしくない強引さで顔の上から外された。

「僕の遥大くんを、そんなふうに言わないでくれないか」

低く、感情を押し殺したような声でそう言うと、遥大が反論するより早くキスで言葉を封じられる。

「ぁ……んっ」

顔の脇に押しつけられた手を摑む力は強いのに、キスは優しい。

そっと舌を絡みつかせて、ゆっくり粘膜をくすぐり……遥大の身体から余計な力が抜けるのを、待ってくれる。

「っふ……ぅ、あっ！」

高儀に身を預けた遥大は、ゆったりとした心地よさに漂う。

そうして全身の力が抜けた瞬間を見計らい、これまでより深い位置まで指を突《つ》き入れられて、ビクッと背中を反らした。

高儀の指を離したくないと、どん欲に粘膜が絡みついているのがわかる。

「ぁ、はっ……ご……めんな、さ……っぃ」

忙《せわ》しなく息をつきながら口にすると、高儀が眉を顰めて顔を覗き込んできた。

瞳が熱っぽく潤んでいて、言葉では形容し難い艶《つや》っぽさを漂わせている。

自分が、この人にこんな顔をさせているのだと実感して……これ以上ないと思っていたのに、心臓がまた鼓動を速めた。

「どうして、ごめんだなんて？」

「だ、て……もっと、って……身体が、勝手に……ッ」

高儀が欲しいと、欲求を主張している。指では足りないと、はしたなく求めているみたいで、果てのない自分の欲望が怖い。

「お願い、だから。も……指、やだ。おれだけ、こんなの……淋《さび》しい、よ」

震える指を高儀の手首に絡みつかせて、もうこれでは嫌だと懇願する。ふっと息をついた高儀が、ゆっくりと指を引き抜いた。

「……ん、ごめん。力を……抜いてて。息を止めたら、ダメだ」

膝の裏を掬い上げるようにして脚を開かされ、自分がどんな格好をさせられているのか我に返る前に、熱塊が押し当てられた。

指よりずっと、熱くて……存在感がある。

全然怖くないと言えば、嘘で……でも、それが高儀だと思えば、どうしても受け入れたかった。

「う、ん。ア！　ぁ……っは、ぁ……」

苦しい。痛いというより……熱い。

身体の内側いっぱいの熱塊から滲み出る業火に、炙《あぶ》られているみたいで……全身が燃えるように熱を帯びる。

「ッ、遥大く……ん。ゆっくり、深呼吸……して」

「ン、昌史……さ、昌……ッッ」

いろんな感覚が遠ざかり、耳に入るのは高儀の声だけになる。

泣いたりしたら、嫌がっているのだと誤解されてやめてしまうかもしれない。

今、自分が陥っている惑乱よりもそれがもっと怖くて……夢中で両手を伸ばすと、汗の滲む熱い身体に縋《すが》りついた。

「や、じゃ……な、い。嫌、じゃ……な……っ、から」

きちんと伝えられないのが、もどかしくて堪らない。背中に爪《つめ》を立ててしがみつきながら、なんとか伝えようとした。

「ン、わか……て、る。遥大……が、僕を受け入れてくれてるの、ちゃんと……伝わってる、から」

そんな言葉と共に、髪を掻き混ぜるようにして撫でられて、ホッと肩から力が抜けた。

密着した身体からは、激しい鼓動と熱が流れ込んでくる。

高儀がこんな熱情を秘めているなんて、知らなかった。嬉しい。もっと……理性など全部捨てた姿を、自分だけに見せてほしい。

「昌史、さん。お……れ、平気だ、から。どんな、しても……壊れ、ない。……強い、よ。だから、も……っと」

「ッ、君は……っ僕を、どれだけ調子に乗せる気だ」

「ふっ……どこ、までも」

食い入るように、睨むような目で見下ろされて、唇にぎこちない笑みを浮かべる。両手で高儀の頭を引き寄せると、唇を重ねて熱っぽい舌を絡みつかせた。

熱い。舌も、手も、身体の内側で存在を主張する屹立《きつりつ》も……全部、なにもかもが遥大を焼き尽くそうとする。

灼熱《しゃくねつ》の炎に理性を熔《と》かされるのは、お互い様だから。衝動に身を任せてしまえばいいのだと、言葉にできないから全身で高儀を煽《あお》った。

「……おれ、手放しで甘えてるなぁ」

「当然だろう。むしろこれは、僕の特権だな」

体力を完全に消耗して自力で動けない遥大を、高儀はかいがいしくバスルームに運んで全身を洗い、壊れ物のようにバスタオルに包んでベッドに下ろした。

遥大を湯の張ったバスタブに移して、「少し待っていてくれ」と姿を消していたあいだに交換したのか、素肌で感じるサラリとした清潔なシーツが気持ちいい。

「水は?」

「ん……いる」

手を伸ばすと、キャップを開けたペットボトルを渡された。高儀だと、ベタなことをするのでは……などと、どこか期待していた自分にクスリと笑ってしまう。

「なんだい?」

「ううん。口移しじゃないのか……って、ちょっと思っただけ」

遥大の軽口に、高儀は笑みを消して目をしばたたかせた。その顔には、「しまった」と書かれているみたいだ。

「ああ……気が利かなくてすまない。では」

遥大の右手にあるペットボトルを引き取ろうとする高儀に、慌てて首を左右に振った。

そうだ。この人には、冗談が通じないんだった。

「い、いいっ。自分で飲めるから！」

「そう？　残念……次の機会には、必ず」

……大真面目に、自身に言い聞かせている。

もし遥大が忘れても、高儀は絶対に忘れないで実行するだろう。

「無理をさせたかな」

ベッドに腰かけて、そっと遥大の前髪を掻き上げて顔を覗き込んでくる高儀に、頭を振って否定した。

「……全然、なんともない。おれ、頑丈だし。もっとでも……今からもう一回とかでも、大丈夫！」

遥大が少しでも辛《つら》そうな素振りを見せてしまったら、高儀はこの先遠慮してしまうかもしれない。

そんな危機感に背中を押され、左手で高儀の腕を摑んで必要以上に威勢よく言い返す。

「強がらなくていい。指が震えている。力が入らないんだろう」

表情を曇らせた高儀に、「ホントに平気だからね」と主張した。見上げる目にも、必死さが滲んでいるはずだ。

「次は……もう少し、余裕を持てるはずだから」

「うん。おれも、次はもっと頑張るから。次は、おれが昌史さんを抱いてバスルームに連れていっちゃうかも」

意識して『次』を強調する遥大の意図は伝わっているらしく、目を合わせた高儀は苦笑してうなずく。

「それは……難しいかもしれないな。二十キロくらいのダイエットが必要だろうか」

「えっ、ダメだ。昌史さん、死んじゃうよ」

「ふ……、では、次も僕が君をバスルームに」

そう言って笑った高儀は、どこまで計算していたのだろう。

生真面目なこの人が、意図的に遥大を誘導して自分の思うように操ったとは思えないけれど……？

あとがき

こんにちは、または初めまして。真崎ひかると申します。『嘘つきジュリエット』をお手に取ってくださり、ありがとうございます。

私が生み出すキャラ（主に攻）は、ざっくりと……『すごく変な人』か『少し変な人』か『なんとなく変な人』の三つに分類できます。今回の高儀は、『なんとなく変な人』かなぁ……と自分では思っていますが、いかがでしょう。異論反論お待ちしています（笑）。

なんとなく変な人を、すごく男前に描いてくださった平眞ミツナガ先生、ありがとうございました！　遥大も可憐な美少女（美少年）で、素晴らしくキュートです。脇の斎川まで格好よくて……性格がアレなのにビジュアルが素敵なのが、なんだかもったいないくらいです。

担当H様。今回も、とってもお世話になりました。ありがとうございます。もうちょっと、いい子になれるよう……と、狼少年発言を繰り返してすみません……。

ここまでおつき合いくださり、ありがとうございました！　なんとなく変な人（たち？）を、ほんのちょっぴりでも楽しんでいただけましたら、幸いです。

では、慌ただしくですが、失礼します。またどこかでお逢いできますように。

二〇一五年　ご近所で綺麗な藤が咲き始めました　真崎ひかる

✦初出　嘘つきジュリエット……………書き下ろし
生真面目ロミオ…………………書き下ろし

真崎ひかる先生、平眞ミツナガ先生へのお便り、本作品に関するご意見、ご感想などは
〒151-0051 東京都渋谷区千駄ヶ谷 4-9-7
幻冬舎コミックス　ルチル文庫「嘘つきジュリエット」係まで。

幻冬舎ルチル文庫

嘘つきジュリエット

2015年5月20日　　第1刷発行

✦著者	真崎ひかる　まさき ひかる
✦発行人	伊藤嘉彦
✦発行元	株式会社 幻冬舎コミックス 〒151-0051 東京都渋谷区千駄ヶ谷 4-9-7 電話 03(5411)6431［編集］
✦発売元	株式会社 幻冬舎 〒151-0051 東京都渋谷区千駄ヶ谷 4-9-7 電話 03(5411)6222［営業］ 振替 00120-8-767643
✦印刷・製本所	中央精版印刷株式会社

✦検印廃止

ISBN978-4-344-83449-1　C0193　Printed in Japan